大雅

为一种品格注脚

大雅诗丛

生活隐隐的震动颠簸

席亚兵 著

SHENGHUO YINYIN DE ZHENDONG DIANBO

广西人民出版社

目 录

卷一

003　　晴春
005　　现在合用的思想
007　　景山
009　　荷东
010　　阔论
013　　轰轰烈烈，犹如疲劳
015　　孩子们在谁的组织下合唱？
017　　废城
019　　怀柔
021　　轻佻的观察
023　　仿一首迪斯科
026　　生活漫议
028　　病中十四行
029　　咏红尘
031　　中午闯入货站

卷二

037　春日
039　半日闲
040　在碧云寺的最高点
041　思恋者之歌
042　怎么办
044　夜晚的男体
045　节日
046　露天演出
048　海边
050　江城
052　晴雪
054　夏日
055　夏天
056　冬日夜晚院中小立
058　夜坐有感
060　冬春之交的节日
063　漫兴

卷三

067　晨曲
069　歌声
071　秋天
073　记巨大的伤感

075　使用邮政业务的人

077　旧的类型

079　生活啊，走出来之容易

081　晚饭

083　石人

086　画中的山

088　生活隐隐的震动颠簸

090　十年

092　双休两日

093　雍和宫（一）

095　雍和宫（二）

096　一个梦

097　模拟的记忆

099　某自白

卷四

105　某自述

109　忆旧随想

111　陕北的山曲

113　山坡

115　景象

117　王不留行

119　电视画面

121　村庄

123　春归故里

126	在横渠
129	宿镇
131	大篷歌舞
134	闲置的家园

卷五

139	黔诗 5 首
147	上苑落日
149	顺手指到长卷的某一局部
151	盛夏
153	冬天园中
155	在湖前
157	天坛午后
158	京东行
161	田头偶作

卷六

165	新生活的女性
167	给小说定调
169	家居
172	行走白描
174	夏天的每一天
181	Greeting
183	长假之后

185	多么浪漫的热
187	独寄
189	早晨
191	早晨，你说这样的日子柔和

卷七

195	恐光症患者
197	风险
198	记一个苦吟时期的诗人
200	九五年岁末
201	登高
202	喀什噶尔的学者
206	狗年卦语
208	学校某××
209	燕子飞
210	北方二题
213	池塘
215	圆明园
217	林中小憩

219	后记

卷一

晴　春

它的老问题是需要外面的
天色来晒去隐私,以
各种歌唱将自己唱干净。
那些老人们,每人都有一个庭院可以游戏。
摆开家伙油漆铁柜,慢
慢攒块地皮盖座小房。
鸢尾展开凶猛的剑叶。

在一部作品中,一连串
淫艳的打击之后,理出了
它的主题:卖艺不卖身,
只爱钱但蔑视钱,只有
身体的天赋,就像
善,枝蔓与衍误都遮盖不住。

禁忌的最后一道被突破了,
它所保护的事物
没有体验到伤害。
新锐饕餮生活。
我不禁想起那些

刚刚加深行将解放的友谊，要看看
那些才爽朗起来的语音怎么迷离；
一位跨国或跨洲旅行的
近代作曲家的感受如何致命，
他带回的曲子将渗入
大部分历史，直接获得流传。

现在合用的思想

企业濒临倒闭。理论上
已经倒闭,或理论上还没有倒闭,
这就是我工作要确定的内容。
我叫来一个老军,干活善于
活引《圣经》,戏引《毛选》,但事情
随着企业危机加重,气氛
一天天紧张
发生了变化;现在,
我对他说,关于当前世界的那三句半,
你自己已承认,一套一个准,
我再给你两段注解。
这样,他喜冲冲地
回来反馈。下班
刚进院子,我那街坊,
我汇报过的那个开摩托车卖场
买卖做得挺大的发小,敲门进来,
正撞到枪口,上回的三句半
他已心服口服,我们就
赶忙消化了两段注解,
一直整到十一点,明显

你感到人不一样了。
进院子那就一贩子,
出门他感觉是文化武装的新人了。

景　山

啊，这就是宫苑。一眼
便可看见王朝吊死其上的
那棵戴铭牌的槐树。
一个重大事件的仪式
显得浅显，一个
大名胜甩掉的尾巴。

意外的是那里的星期日
合唱团。一伙中老年居民
依山石参差站立。两只
手风琴托起来的歌声
齐整，饱满，肃穆得
仿佛面临一个紧急事件。

他们的身姿有力，形成了
漠视外界的团结群体。
驻足者叠加着围观者
围观，发愣者发愣。
几曲过后才开始松懈：
那是老年人在清洗腔肠肺腑。

一个拉长的啊式抒情句
将情感向上推送,又拾
假山北麓的台阶地形而上。
多么神气,那些
清一色的五十年代歌曲,
将他们的嘴巴由圆撑椭。

祖国的蓝天。啊,大别山。
北京啊,北京。
分明还在怀念一个时代,肯定
要死亡,与他们同处
退休回味的阶段。
我们推出这善感的评论。

绕山几圈,不懈地推动分针
转动两圈,隐隐
轰击着山的背后和我们的脑后,当
我们坐到皇帝午睡的
椒房对面,门口模拟一片可喜的
高粱,矮秆葵花。

荷　东

老实、积重的时分。
在你的全社会春心萌动之际,
正好是我们这一拨赶上成年。
把我一次次抛上你那管内列车,
反复咀嚼几十公里风景,
致幻更要用点剧甜。

愁眉苦脸,
被驶向新时代前的阳光
拘束得动弹不得。
道德纯粹得如履薄冰,
如临深渊,
去与无限垫高的未来相遇。

当你一次无意间提到它,
竟然一闪再没有下文。
机器音乐情感好清晰,
人心要多正确才能靠近。
这快乐是社会为瓦解我们
预置的。

阔 论

真快。报纸上整版整版的电脑报道,一次简要回顾。
又一版宣告汽车时代也已到来——车主站在自家车旁,
题图表明性价挺好。
哲学家为什么总是愚顽不化?
社会学能将不朽建立在审时度势之上。
诗人一提笔就想概括"生活……"
思路不通,从大楼的水泥根基那里
扯来一束茅草进行研究——科学的态度。
应该指出
气温骤升产生了作用。
放眼望去,暮春的空气中不是花粉
和游园者的凄迷情怀。
街道上车流滚滚。临近天黑,
颤动的灯火与音响让人锋利得能切割裁剪。
生活高涨,时代由于技术进步而飞速旋转,
还需整整五个小时才能宁静。
那时夹道的官槐在路灯陪伴下
将继续沉睡,属于另一种迟钝。

不应让人觉得你这样看问题。

一株草坪草恪守先天的原则，
花穗严格互生———一种夸大的真理。
而实验室一直在散漫的青春之外存在。那里既不失真，
又不失美。个人从事贸易越成功越合乎
道德，为此有多少年轻人正抓紧
塑造性情，跃跃欲试。
只在傍晚稍作放松，
打打网球，
现在全身心舒畅地在店门口
来杯冷饮。仍止不住大汗淋漓。

你，一生受苦受难的人，有幸成为时代的英才，
生命的双重丰收。供职于蓬勃发展的财团，
率先表现出夏天的形象。
虽已过五十，仍可算年富力强，
只有染黑的发梢露出几脉银白。
你的神态似刚刚漂洋过海，又顶着阳光，
因为生活中的街景虽然尽可入画，
毕竟不是电影语言和广告中的那种。

原来是美参与了创造。这才是美。
对你表示敬佩，生活中的美。
一位颀长女郎手撑阳伞
在那辆车边，在那边
文静地等待，已有好久。

夏天与时代交织的盛景令人震撼。

一切都美而合理。

但愿我不让人生疑。

那些不及时更换夏装的人容易令人生疑。

他们在这个季节看来得找点矿物药，

来抗镇惊慌，

又难免留下赘肉与谵念的后遗症。

轰轰烈烈,犹如疲劳

轰轰烈烈,犹如疲劳,
什么时候消除干净?
我专心地吃一条鱼,很快吃完了。
想休息,只有眼睛合得住。
我找最偏僻的戏曲看,
往往它们越难听,越让人放松。
相反那些遍地漂亮起来的女人,
价值越来越体现在那一会儿工夫,
还不诚实地依靠这点本分。

奇怪的思想犹如恶作剧,
越偏离正道,越按捺不住,
到头来要把自己完全滤掉。
曾记得渴饮严谨高明的学术,
满书连勾带划,
后来它们发作为毒鸩。

它们有如小块风景,呆立一隅,
凭其冷静无用散发着魔力。
它不能吞咽,不能消化,

又怎受得了持续的尝试?
我四处流连,寄托那些
凭空而起的闲情逸致,
现在却连这也不可能了。

一转念就想到旧学振兴,
世界倒退,仿佛大脑只能是宇宙。
事实上一切都自足而充满敌意。
文明依然经得起挑剔,
落后依然不值一提。
世界处处是陌生脸孔,没允许让你评判,
而且你几乎也从来不会遇见它们。

金钱刚刚开始不断需要,
艺术也用不着全部灭掉。
快乐需要升级而不是降温,
自由虽产生抑郁也胜过抑郁。
繁忙的时代正在忙忙碌碌地运转,
啊,古怪的时光
悠闲地生出嗜睡、嗜苦、嗜症症。

孩子们在谁的组织下合唱?

孩子们在谁的组织下合唱?
让她们的心更加荒芜了。
我的心到处找地方躲藏,
就近到了《中央亚细亚的
荒漠》,真有一些东西
会叫人读之唯恐其竟。

请家里人用话语将我抽打,
让我藏得更深。
在她们跟前,
既耗尽了精神,又
导致急剧的脑力枯竭。
而且相信还会有一场大病,
只要身体的沉痛不散。

不是因为她们的歌声,
我相信。
即使她们真的有那么感动,
也改变不了她们的前途。
本质上是有口无心,

徒然让人们辨不清生活的大盗。

孔子，柏拉图，第一代圣人，
在他们纳入音乐时，都
暴露了是在拼凑一个体系。
不过，倒都懂得它也会导致堕落。
那些善作曲的人可谓逢时，
向世人公布从小到大的相册。

她们长大了。
要给每一句话抹上曲调，
方能下咽，耽嗜那股馊味。
到底是在滥用，还是
最大理性地使用身体？
两者都会把人苦坏。
又是哇又是喔，
长得不赖，也有点钱，
一处不行，我还得再找地方躲藏。

废　城

一方水土，一方口音中的基因。
虎子们从小擅长邪恶叙述。
小学未毕业就过硬了。
高中一毕业就跃进去，
砥立于不断扩大的城建。

出落出的阴茎健美，脸颊一丝不苟。
在城墙内，还自恃着烂根之上的国际文化，
幸运的有声有色，和
背运的无法无天。
可面对虚拟的大众又太驯服了一点。
就像在有摄像机的剧场和有记者的会议厅。
在城墙外，因事经过东奔西走的人流，
在一个年关已至的长途汽车站上。

这样他们的腰板和威严的口水
才吃得消他们裹着皮草的新娘。
（他的殿后的余孽丈母娘）
用一只吓人的口罩遮住那榴红脸，
露出目光中的荒蛮，

或把沿街无限无形的人映成荒蛮。

沿着高速公路
行驶一百公里。
传统的田野放松不下来,
来不及浏览,
更如期抵达一派祥和的三十之夜。

怀　柔

夏景簇簇堆堆，由风
在傍晚依次翻开，可描可画。
离京两小时，小客车
无声地带来尊严。
驶入疗养区，停在
面带主人神色的湖畔小楼前。

一旦回望——好一片
余晖，好一番山水性情。
再加上里面
生长出的社会。
门厅即拥有自己一套光线，
走廊里的面孔漾着随意。

某个成熟的模仿物？降低了身价？
无聊思想。
很快轻松中会沾上
形式之累。
餐厅里爆发的喧哗喑哑，
让我看出了朴实卑微。

还有那些服务生,毕竟
是本地青年。不知怎么回事,
近一年来,我偶尔会伸出
将身边的人看做同一国人的
触角。等定住神,
才发现自己有点可怕。

愿喝酒的人越来越少了,几杯
就能将幻觉纵容。"以前,
存在总是感自周围。现在,
没有任何理由地淡漠了。
或许是躲入了民族哲学,无论
如何,不觉得这,严重。"

拉开窗,山坡径直逼过来。
我有点不习惯这没有余地的窗外,
仿佛我们不知道与宽敞的房间
一起嵌在笼子里。仰在圈椅上,
这么快,这么轻飘飘地
就放倒了。

轻佻的观察

欲望早该能忍受得住停止了

他们有过活泼的青春,
以后是七八个闯荡的年头。
回乡后尝试过各种行业,
写得一手敏捷的策划,
苦苦等待资金到位,
其间过着靠天养人的生活。

建立起庞大的传呼通讯。
相互服务,
可以整年不挣钱
仍过得不错。
我见他们喝过整个一个正月的满天酒,
开春后又将炒锅支向乡村养殖场,
露天展露烹调跑堂的本事。

相形于岁月留下来的老友,
这个时候浪漫已是低级形态。
有一个花五千元买下一辆标致。

日夜保养，天天邀人，
开到郊县，把一个无名山头反复登临。
勃起的镜头探向日暮时水库的点点寒鸦，
年底了便找到一个教堂去参加合唱。

市场进入买方时代后，
遍地是工作，是工作都离不开推销。
我要多靠上几份底薪，
率先步入救济型社会。
墙上挂上羊角和面具，
名茶、茶具，饮不厌精。
呷到午夜后再摆上铜爵，衣柜
给每个人都畅想一身宽松衣袍。

仿一首迪斯科

> 游韩数日。既归，友人谈论间问曰："如何，韩国女的？"乃以此为题有所吟。

我爱将希望埋葬，尽管它生生不息。
爱将内心填平，它总反应出深度。
不巧言就不令色吧，直到最后一刻，
坚持没有放弃放弃的姿态。

很简单，一笔勾销。
谁叫你一开始就来自泱泱大国，
又习惯了享受它最大的不当。
全部的潜意识
要全部出场，
在这小小的汉城之夜。

釜山，庆州，济州，莫不如此。
好在我早已明确
这时候最不适合做自己的个人了。

它的灯火，沉默地编织在高窗外。

清早，曙红的天色浸透寒意。
我只使用了这中高档生活
最原始的功用。
越过最后一分钟免税店之前，
它们一直将我悬浮在空中。

最优美的最优美。
最无味的最无味。
最遥远的最遥远。
最现场的最现场。
最不该多思的最不该多思。
最可分析的最可分析。

你的容貌可堪疑点，
腔调中有双乳的软度。
你 steal my heart，
过不了几天它还会回来。
漠漠雨丝擦亮街灯，
山城巷道上攀下坠。
天亮之时天气放晴，
农舍如庙旁边停着汽车。
广阔半岛山峦起伏，
无法同时看到两边的海岸。
人们纷纷走出森林，
沿着山脚线密密地定居。
道路缠绕着山腰，生活

流通，心情波动。
秘密陷入深渊，浪漫
结成硬壳。起飞着，
一切接受学者浓缩。

生活漫议

1

如果稍做窥探,每个人都是活的。
有人坐等着收 E-mail,
有人还没有自己的电脑。
这样由以分钟计、小时计,
到以天数计、月数计,
每完成一次交往都让人情绪不稳,
发生心理异常的可能增大。

我们培养各种依赖打发时光,
不妙,这正是致命的地方。
它们会把你拧成疙瘩,
挽得不死也不易解开。
反倒这时一个没有爱好的人,
掌握了精神的修养之道。
他拥有原生态绿色精神。

2

每当生活完全正常,
标准得可用单片机运行,
那回荡在室内的叹息声
及其变种形式就会增多。
他会不相信生活将继续这样下去,
他又占卜,又猜谜,要么
就放手让这段时间自己走尽。

港台电视连续剧,for example,
满集情感涟漪,波光粼粼。
它的节奏平稳,男女主人公
性格中正,发乎情,
止乎礼,却不行,
发生了无资风流的工作青年
与幼女交往的丢脸事情。

病中十四行

与其反复碰见倪虹洁,
不如看党对历史人物的决议。
与其认得一大堆新面孔,
不如温习一遍赤水三渡。
我知道安顿自己不能靠自己。
每次窥探别人,别人会生气,
不再窥探别人,自己又生气。
几日之内,几乎事事都能落空,
这样的稀罕事让我生出最苦的苦笑。
连日伤风让我头脑发热,
蒙头大睡一直梦到最小的时候。
我不知道抱怨中能找到力量吗?
这时从河的对岸渡过一支专走弯路的队伍,
使你现在每要走出乏味都得动用一支军队。

咏红尘

天地发红,蒙在家具上。
早上,风还清澈无形,
到了中午,我们的国家就像回到
颜料不发达的时代,罩上了
中国时间,影影绰绰,古色古香。
时间不只分成白天黑夜两种颜色,还加上了酱色。
今天的红砂细若液体,已经处处充盈,
停止了流动。我们再毛茸茸的眼睛,也没了雨刷,
再平整的牙床也塞满肉屑,再
文明的鼻孔也需要举动。壮哉,
红尘,敷设天地,让我们目睹了新的历史气象。
或许有人要呼唤伞以外的防天用具,
而我却心动神驰,觉得实现了天人合一。
我想象你们来自一块连绵不绝的红岩,
本来我根本无缘去把你拜访,现在你却
整体巡游到我们的天空,降落下来,
把我们整体邀入你这红岩。
因为我们是个集体,所以我没有恐惧,
红军就是这样成群结队才穿越了蛮荒。
我埋头干活间向窗外一看,

发现自己处在一个通红的微暗的世界。
低头间大小笔杆子已跳了出来，
宣扬起马后炮的末世论。

中午闯入货站

伟大的城市,曾把一支单线铁路
铺入腹中,以让大宗物资
就近集散。现在,环城公路
取代了它,让它无数道口
徒然保留常年不动的杠杆式轨道式路栏。
它的名字,徒然停留在我们
轻工业生活的中心。占地几顷,
徒然阻隔四方交通,使路线
混乱,行人绕行,除了
不知情的人。一日。

午间炎氛高炽。我手捏一只大信封,
里面积攒着手续。我只认准了方向,
不料误入它松懈的大门。
有几只人影背受暴晒,寂寥行进。
我跟随在后,渐渐看见装卸桥
横在半空,一道又一道。
道路形势逐渐不明。广场
出现分岔,缓坡伸向月台。
从那里,爬出一条铁轨,用它的弧顶

横切一条无限漫长的小道。
一列无头无尾的货车,蹲立在地(没有路基)
受制于弧线向外拱来,
把我们逼入一个狭长死角:
一侧延伸着废弃仓房,木板
横钉着破烂窗洞,墙上反复书写,
杜绝依其大便。一侧,灰头
土脸的夹竹桃和红柳虽高过人头,
却难施凉荫。尤其前方只剩
一个年轻女人,手撑阳伞,衣着简洁。
恐怕连她也觉得形势险恶,
只差大多数人都不会持续注意脑中的
歹意邪念,只差这段经历
没有足够延长,宣告了它
突然开阔的尽头:领路人
凑向一个整洁小屋,门前
一只水龙头哗哗吐出凉意。
难道她是来提一份与她形象不符的重货,
或见一个与她形象不符的职工?
我后悔自己独处不慎。已知道是货站,
就应及时退出,不应侥幸认为能
找到缺口,抄成捷径。
远望四周,高层居民楼向我展示亲切阳台,
但我知道它们如平原见山,入目百里;
或如蒋介石慨叹江西红军,是
"林子里的鸟,看得见挨不着"。

仿佛它必然封闭严密，
有一丝早年偶试逃票时东闯西闯的慌神。
我确信现在不会有事，最主要的恐怕是
有准备再长途折返。好大的心劲！
铁轨层层起皮，时开时合。中间
蒿草、藜草、茅草自行绿化，不病不枯；
废旧集装箱身影笨重，锈汁淋漓。煤黑
路面渣土混凝，干净结实。
而一二刷新小楼，有职工零星出没。
我不愿打听出路，虚拟给他们一种习气。
我已感到走路太多，失去了理智。
我脸色煞白，利于阳光敷上炭粒（且
让它能燃烧一层脂肪）。
嘴唇鲜红，汗珠如小虫在发间蠕动。
君子慎独。我担心自己
近来思维的不良倾向，没人
的时候常过于散漫。
现在尤为担心，再走下去，
就会把我的凉鞋扯断。

卷二

春　日

值此花红柳绿，
日光惨白，风尘略定。
毕竟好日子藏在一隅，
只在几个缺口渗入楼影。

行步在立柳堤道，
我张开胸膛。
柳枝斜扫时凝住了，
乘着同一种释重的力量。

灿烂的花树，
惹人埋入脸庞。咔嚓，
不屈服强烈照射，
让倦目如洗如濯般睁大。

指点又赞叹，用语
不是太轻就是太平。
每一茬柳叶荻芽都如初，
心境却像漂白了般空蒙。

黄花紫花稀疏铺地，
稍成一片便想占有。
湖水色沉，仍告诉说，
与太多的东西联系太久。

半日闲

白金的草茎,涡旋状倒伏。
暖和的阳光疗养着眼睛。
大脑散去积累沉郁,
深睡后它更紧了。

我不仅想吃晴春的青草,
也想吃暖冬的干草。
日日坐在屏前,再走一会儿路,
已够得上生活问题的全部。

我们曾坐在刺玫灌丛边,
那是以往的难忘情景。
闷热之中跳跃着红色,
举目不见过路人。

说的话最是胡扯,
又平又阔,像渠边的荒地。
耳朵销磨得最不经意,
虽然时时竖立在读帖年代。

在碧云寺的最高点

名寺把后院像尾巴一样
翘到天上。
山风涤洗着石墙,
触摸得到细砂的窟窿眼。

我克服了偶像障碍,
满心喜欢塔林中的人物。
男子们凝入悬挂的相框,
配着异教的浅浮雕藤蔓。

下眺是一个恍然,
原来是屋顶摩挲的碧云。
针叶也肥大,薰香撑开,
强劲得难以降尘。

想到几百年前它还要新,
四周也更统一。
两道山脊线无遮无拦,
往下滑走都只用了一笔。

思恋者之歌

陌生人站立着采摘枯山。小枣
晾成了枣干,要在春暖时落蒂。
这群孩子在远处一转身没影了,
愉快转移到某个必定存在的场所。

紧急的河弯破坏了四周。
草形不成群落,泥石堆起
漫长的波浪。即使能倚着碎崖取景,
河水啊,把一切重新漫得平整顺畅些呀。

怎么办

众星完成了大哄唱,
接下去要一个个幽咽尖叫。
我们刚刚理顺了大关系,
你又在制造小矛盾。

我建议你坐在浓荫里,
旁观烈日如熔白金。
我把你布置在礁石上,
你就再也不肯离去。

胜似那漫长的不觉悟,
都有没骨的感觉。
你可以暂时摆脱工作狂,
往后退到书呆子。

我们可谈的事情太少了,
满足于没有扩大的意图。
却不防你已能一语击出洪水,
来漫过我们的住房。

一首曲子起名道：向西！
真是叫人愁。
脑子一转就是全面感觉，
每一个动作却都是退出一步。

夜晚的男体

似要迈向思想高度,
脊梁和腰实行合作了。
眼睛沐浴着电视,
全把新闻纳入战略。

他一定要躺在三角的角上,
才能显出整体之美。
他尝试身姿直到进入困境,
啊,终于伸展出非实践性的安逸。

节　日

晴春把亮度调高一倍。
社区文化的造园一望无际。
快没了简陋的角落,
那么多鲜艳的肤色,
孩子们清一色会穿,无畏,
带头在头顶击掌。
我也不怕自己的腰围,
和肩背的吃力,
在敏锐的位逗留,
眼睛止不住流离。
慢慢地思想松懈下来,
加入躺在草坪上的倦人。
为了赶夜场,熬到
凉丝丝的晚霞
迎来舞台灯打亮。
感谢那起句奇高的新曲风,
一扫二十年认识型上的愁闷,
配合那呛人的干冰,
让我晃动着起舞了。

露天演出

也许是我太有兴致了,
因此感到没有气力了。
我确实在求能被去掉的就被去掉,
其实这类要求也没有了。

六七八个人,在一个民乐小乐队上,
让我找到了最初的渴慕。
弦乐管乐也许是根源,
但我觉得小鼓才是这种形式的灵魂,
勾出了它事务性中的情感色彩。

清一色的北京本地演员,
真是合适的人选。
散架的表情,
穿不出风度的服装。
或许是正午偏后的光线所致,
或上惯了一膝高的舞台。

那表演似还未脱离内幕。
幸好是专业水平,这一点同样重要。

就在这个不易达到，也
不易停留的度上，
女高音的颂歌不再腻耳，
素裹的舞蹈肉感得撼目，
扮演出的笑容如此撩人。
训练有素又这样平常不过，
屋角闪露的园柳把人们俯视得
如同剪纸和木刻。

海　边

小女孩会自顾长出快乐的性格，
这是她们家沉闷大人的奇迹。
大人保持着大人性，
公共领域的快乐，共同经验，
在这里只嫌娱乐生活没将我们
充分塑造，唤醒，
一旦置身场景还要情不自禁，
吃掉一大桌石子贝壳，
捞那冰凉的白汤水。
最后一批人聚集正午海滨大道，
阳光和风催动汽车匆忙来往。
全由游人组成的小城暴露在无云的天气
最可怕，
一点点肩背之痛都会放大到风景中。
随便拣一块沙滩，一海岸的银光，
怎么参与？坐看一刻钟，
不约而同都不出声了。
轻浪啊，海不知疲倦地发力，
凹面，棱角，胡乱使用醉意的铁腕笔触，

跌入巨幅波谷,尖叫着
迎接浪头,
大海啊,黄玉。

江　城

超级肤色的城市。
上天多愁，再生就你一个贫穷。
派四周山峰合拢，
云雨每日光顾藏式窗。
一代女性的前景
在街上看不出。

如果她们过早地遭受厄运，
也不会下到劈城而过的江边。
栏杆边的藤椅茶摊
留不住人。
准时欲来的暮雨
催得桥头心慌意乱。

我下到那僵硬的滩岩上，
江水落得很低，
卷来腥味。
可它已不失浑白本色，
越浅越急，稍不平稳，
就叠出大浪花。

或许我身边缺一个人,
这茫然的音调留不住我。
在它的轰鸣中,
我的意识总是被推向山顶,
阴云,客房,夜半,
那不能统治自己的地方。

晴　雪

雪连着下，
像酒连饮是不能解忧的。
纵然片片纷飞时意态浓浓，
停下又醒得太浸骨了。

一夜间小路由白玉砌成，
树木全部炭化。
交通警示牌立在远处，
大路甩出拐弯的辙线。

上班途中我被全部唤起。
无论如何，
直到骑车进入小巷，
它的坏底子全装饰起来了。

我没走出过这样的中午，
也没感到过这样内在的回荡。
阴面的冰冷也如灼，
阳面更把墙角路沿消融。

太阳模模糊糊似要照透，
再浮出屋顶密密的树梢。
日光骤亮托起胸中远大，
又一街烂糟糟的雪泥。

夏　日

那些村庄骑路发展，
快进入三十年前的日本，
虽然还站着一些大爷。
敞开的农院细石铺地，
配着玻璃客房、造型树。
隔路玉米地套着菜地，
挤到路沿，再栽一排向日葵
神来几笔。

阳光太容易暴露秘密。
热浪淤塞了精神。
落地客初觉腾云驾雾，
旋即被浮思束缚。
空有远山杂树浓翠，挥之
不去小户创业者的得失，摸得着的
只有那特别狗样、一点
没变狗样的小狗的鼻子。

夏　天

我觉得已经尽了力，
全用在克服热。
哪一年它开始成为问题，
意味着我已足够轻松。

娱乐岂是低级，
它铺张历史远胜我管窥空洞。
图像声响都有凉意，
如肥钝的强力机械风。

更有那小报的知识让人受益。
越便捷的通讯，
越要求使用时情绪稳定。
越是失误，越需要补偿。

冬日夜晚院中小立

我挺胸,昂头望天。
月亮确实存在,
清辉击落尘烟。

拆去了藤蔓,院子
廓清。温和的
可能成了尖锐的手感。

它那些屋脊,将完整的
随意截断。着叶牢固的小树冠
叠加在大树冠的前面。

油毡屋顶边上,
以下山虎的身姿,
小猫直愣愣与我对看。

这家伙!只三个月,
一辈子的东西就已学会,
也闯过了人情的凶险。

因为我们怕在它那儿
堕落,受到各种
对立思想的批判。

我们下决心将它遗弃,
才发现
已陷入爱情式两难。

一次次回家,猫儿缠足,
或与同胞在自行车轮前
两骖如舞。

难忍饥饿,不住叫唤,
以这种方式将它们
可有可无的小生命显现。

现在的地位已经安全。
可以有带鱼酱一日两餐,
洗个澡,电吹风催之不眠。

转眼不见,跃上屋顶。
槐树叶铺地,
兔子眼满院。

夜坐有感

夜晚不疯狂也不紧张,
显不出当代生活的复杂性。
近来,在外地学习的人说他一冬尽眠,
常不觉晓。日子还会舒展,
现在却卡带,不读盘,图像不清,
而且已能觉察到它的影响。

自从分离的时间延长,
人最容易做的就是顺势将自己搁浅,
这才是我感到的疯狂。不
消耗也不生产垃圾,严重到
头发都在疯长。一种未曾料到的
滋味,好像谈松懈也是
严谨时的事,现在
连它也谈不上。

我们相信还会振作,又
隐隐怀疑那将永远成为一种愿望,
就像我们时不时还有的
想拣回旧日时光的那种愿望。

没错。不过,我又没为此紧张,
觉得自己还没有足够颓丧。

想到那些打开却翻不动的书。
以前的人从小竟尺寸之阴,有成者
自慰终能视上代垂教枝枝相对,
叶叶相当,无一字无下落。我
无意稍稍冒犯生活的难度,
现在只借一个电话般的小小事件
加以整顿。它们光形式
就清新,健康,不敢让人
甚至使用一点情绪化的华丽措辞,
只希望它们能划分并促成转变。

冬春之交的节日

这样的时刻对我来说鲜明无比，
正是温暖的
刺不透云层的感觉，在
一排村庄后形成大块空白。
人烟限于其中活动，不管怎样
没有波及温暖与空白中的白色。

相比以往，我感到获得了
一种更为有益的心境。迎面而来
的东西都不想强加给我印象。
顺应着它放松到最后的程度，
仿佛就能够
将我们不懈寻求的真相
凸显出来。奔驰在
远处高速路上的零星
几辆汽车使事情更加明了，到这时

眼前正像是道出了
我们身上已生出的那种
空旷得令人眼花与气闷的东西。

什么话语或不语都触及不到,因为
打捞不出事物,或者无法取舍,
焦聚一处
也无法稍微看透一些,
它们并不仅仅是水渚和枯草皮。

而且因为那些
渗出盐霜的滩地,汛期留下的
胶皮鞋底,鸟媒子般的白色污染,
虽然漫无涯期,
却相对我们短暂,只因我们知道要离去。
再次光临已像不停息地
漂浮扩散的生活回到
某一完全相同的昔日情境一样不可能,难道

我们能到这里还不够虚幻?
谁不觉得每次离开固定的生活,每
走出一步之遥到达的
任何一个陌生的地方,都让人感到像受了鬼使神差?
那儿没有游客们常被吸引过去的
色情般忘我的东西,相映之下的只有
漫不经心却纹丝不动的风景中
你的孤零零滞涩的身影。

也许这就是此刻的意义,
就像它告诉我

我的某种缺陷是无功能的。我的
期望与怀疑在一步步升级中互相开始削弱,
一直可以把我置身到历法文明
还未形成时的一天,
树立在身后已爬到半坡的
基本理性化了的生活之上。

这时它如此适合这种既无
特殊兴趣,又不觉得厌倦的漫步,
将一直走到被障碍和尽头
挡住去路,一直到
消除了节日间的厌食,甚至
觊觎高崖的对岸。
后来玩了玩沙子,拣到几块
亨利·摩尔式的浑圆卵石,
将放进小小花畦,要带回家
没有工具,超过
手的容量和我们的体力。

漫 兴

前几年,我曾喝了 10 斤一桶的西南玉米酒。
今年,又有幸喝到了地道的该地米酒。
入口多半时间像矿泉水,只在末段
像淘米水。从无强烈醉感,但
饮毕即昏昏思睡,
两三日神志不能全清。

不知从何时,我知道了
什么叫酒肉不分家。
每遇荤腥,都觉无酒难下。
后来我长时间只吃小米粥,
快要吃出延安精神。
我看电视上有人喝酒就想酒,
见书上有人喝酒就想酒,
不过,一人喝酒总在少数。

古人诗云:"腥膻都不食,
稍稍觉神清。"好境界。
因为老是精力不济,我常
控制逾周不沾酒肉。

但那样扶起来的精神不敢遇半丝烦乱。毕竟，
吃得好身体才真正强健。

卷三

晨 曲

当光亮还有灰度,
气温也才涨到脚跟,
鸽群在楼群间无声,
而布谷鸟有声无踪,
我汇入自行车大军,
歌唱压低了些,
风啊,运行中拓出豁亮的一天。

我回想起一些事。
一名女青工爱上了知识分子。
一位少妇挽救了窝囊废。
一代 AV 女星延宕了盲动。
一组私生活动态又在造血。
半个世纪的暴风雨天气,
都在迅疾的滑动中静静成形。

少女们平板的剪影,内心紧绷绷。
少妇发型衣领蓬松,还蓄有水的眼睛
都把反光散失在混浊和影子里。

当我跟她们碰面,
在大都市,我就把它想象到小城,
在小城就被想象到大企业。
在那里下班后走出大门,
大街都是宽敞的。
顺街摆了那么长的花,
还是盆花,是给谁看的啊?
一溜烟功夫,
自行车就能把你投入室内。

歌　声

商店里也播放流行歌曲,
自行车上的歌声穿越着街巷。
一路上她是一位俄罗斯歌手,
民族唱法女高音,歌儿唱得
越来越欢快,成了
一串响亮的喘息。
啊,她的歌声远比那忧伤的忧郁。
她的形象遭到模仿。
颈间敞开两颗纽扣,
两只口袋兜着乳房。
她是现实,不是艺术。
现实不需要艺术,艺术阻碍现实。
艺术是有害消遣,艺术是
心灵的隔膜,艺术是
情感的降级,艺术是混乱。
现实回避艺术,现实
迎接歪歪扭扭的风貌,
不喜欢标准,更讨厌龙飞凤舞。
她爱上了这种字体,这字体
中的形象。她的心入迷不浅。

她的感觉绝对如钻石，
她的真理悍然如雷霆。
她宣布无效。她是
否认。哦，哦，哦，哦。

秋 天

色彩的美让什么眼睛
都无暇顾忌。环湖的树木拼镶出
细致斑斓的图案,适合为
不同姿色的心灵裁剪衣裙。
吸引了许多人
早早结束午睡,来此闲坐。

一名名画家,这些潜伏在茅草丛中的
一成不变的文化论者。野兔一样紧张的身姿。
远景中通红的日头。渐渐地
滑落,引起的近景的变化。
色彩在草木茸毛上的燃烧。

多么真切。背光一带,
休眠的果园里无以久留。
它让人想起目光被斗室溺坏的日子。
敏感的心灵
时不时纠缠在炭黑的树木
不断构成的枝杈上,
欲把古画画谱中的树干当成苹果木。

当我拖着一身暗影经过,
你,这熟悉的女性季节,我表示好感。
你的状态不高,魅力需从远处感受,
在近处只能从有限的角度
感受——这时总是美得伤人,
阴得像高空中橘红色的云朵——
当你慢慢地开口,慢慢地发笑,
我的内心阵阵发冷。
原来你盛年过后的成熟把我排斥。

紧张的气氛催我尽早道别。
我翻身跳上一辆巨型自行车,
被它一触即发的巨大速度掀得抖动。
我要尽快赶回去,
想一想几十年巍然不动的下午对我的损害。
一些其他的损害
也伴随着巍然不动地存在。

记巨大的伤感

今天,它伏在你的膝头哭泣。
泪水掉在你的脚下就像雨滴。
夏日的清晨正待掀起晨练,
生活到了尽头哽噎得头晕目眩。

多么奇特的新衣上的花纹,
内心里却鬼魅出没。
现在它容不得任何死亡的轶事,
不敢面对换季以来的湖水和晚景。
当它泪水散尽,死亡却不能
顶着上升的光线,来到这园中一角。
起码男主角横跨更多的世界,
用黑白相间的脸色在此镇守。

恢复了探讨,干涸的眼睛
一望见底。狰狞的话语又熠熠发光。
生活的剧情已经烂醉迷糊,
却不能指望像演戏一样按时结尾。
它感到虚弱。一阵风猛烈地
摇曳着灌木丛,送出后面的人影,

死亡就在这个程度上得到悬搁。

我何曾未被一首歌一样的东西牢牢虏获,
被一条林荫道带向尽头,树叶的
喧响与宁静,往下撒出阳光碎金。
它频繁的痛哭引起你崭新的思考:
狂热者和卑顺者都能够获得安宁,
死亡对于伤感者才真正不是一件易事。

使用邮政业务的人

在南方,你曾有过
与一小块色彩四处沾染的背景
共存的时刻。
我能在照片上感到阳光的凉意。
完好无损的视力屏着息
想潜入眼前那层明亮。

就是她。胳膊白里透红,
像鸡蛋皮。尚不知下一个动作,
看不出那次夜间匆匆的赶路。
离开此地密如席纹的灯火,在归途中
刚刚放松,正好赶上年龄
给一个人的胃第一次制造压力。

在北方,我感到你们一个省的人
在青黄橘红的山林中出没。
这样的事我已无心向往,它
驱不散一段黄金街面涌动的阴霾,
长不出五官的人们引爆一个个云纹气团。

我穿街走巷,想到将此时的状态
加以打量。临近一座摩天宾馆,
四周奢侈的空地让我听到了自己的声音。
你的时间是停滞的,就像
人们每在山路边建起一座石屋,
又将它废弃,完成了一次无匠心的
对时间的凭吊。在一个落满松针的山脊上,
我们度过了一个停滞的夏日中午。

邮政大楼将它门前的实景
微缩成墙上的灰铜浮雕。
也许在后面相机连续卷带,
发出嘶嘶声。我灌满了整条街。
最后坠入门中,那日复一日的房间的深井。

旧的类型

多才的邻居,没有习惯深翻自己。
我们的交情还不是很深,
一年中我三次拜会了这种美德。
那时,一个电话就能沟通的
千里之外,举手之劳仍困难得
像一千里一样难以步步践行。
谁会去打开那个锁定在
脆弱之上的安全空间?以前所敏锐的,
难保不像那深沉
独立的意志,产生不崇高的曲线。

时间向年终推进,夜暗
无阻力地向透明地带推进。
照例要吞噬这永远也看不到
内部的扰攘。一条粗线
就能讲述的急动,和存活在
飞快的点垛中的生命。
血肉之躯都长在了一起,
但你们不显出真相。
我不禁失口叫出了那些燃烧的招牌和店名。

在早期几万元就能拍成的电影中，
当一个人形成某种预感时，总有
一块半途中的户外场景一起出场。
混浊的河水弯出均匀的小浪头，
对岸，一段毫无匠心的山
与岸边路融为一体。

而我们丰富细致的生活虽然处处碰到，
并耗费思索去对它承认赞美，尽管
像一个不高明但亲切的朋友，与你度过由
激愤变得镇静的全部过程，
却像某个你确实喜爱过的歌星，
现在你憎恶他高悬墙上的
形象，苛求他的
态度。你的一段
被他淋漓抒发过的情感成了应被抹掉的废料。

往昔那些蒙昧未开的时刻一直在洪流般的
黑暗深处生长，在梦中无色差地显影，或
把一个走了神的人变成行尸走肉。
我屡次扼杀它们，
现在感到所有的冲动都毫无根据。
即使重新亮相，我们私下里引以为荣
的变化也无效，将被毫无传奇性的外表
遮住，仍然站在各自原先的位置。

生活啊,走出来之容易

生活啊,走出来之容易,
达到了这样的程度。
火车将你拉出混乱的夜晚,
开辟出的让你跟也跟不上。

另一端它已投入一连串黎明,
逐渐显影异地的图像。
乘着这种苏醒的速度,
很久前的记忆已近在咫尺。

六点钟,你打量着那些
重新活跃起来的脸孔,口音,
风度,也许要跟想象一样
在到达时被真相粉碎。

再过半小时,窗外露出鱼肚,
这才迫使你抓紧思索。
哪怕连早起的人也没有
走在路上,白雾继夜色擦掉一切。

对此我保持适度的认识,
现在只让自己最后放纵一下。
这近海之地受到了一些浮力,
托起郁树茂草水汽般上升。

看到它的只有我一个人。
干渴,枯燥,沉重,一连
站立一个小时,在乘降台上,
直到跟房屋一起被旭日漆红。

晚 饭

某些事情令人心痛。交流上过分
畅通使老友们有了相互伤害的
癖好。现在这些脑瓜
想不动自己,盼望着
置身无论怎样的哄闹中发烂。

共同的欲望我们都想象过参与,它
熟透的处女般的面目本来紧裹着
排外光芒,选了一个人将之扑灭。
这使你紧张的生活形同泡沫,
浓烈的味道还够你贪婪地品尝一阵。

三年前,为了它,曾让我们的朋友
热血冲顶,双手差点将天花板举起。
他强压着坐车赶回家中,
一头栽倒在床上,像
中弹的士兵一样苦苦挣扎。

这刺激我的胃汩汩产生腹稿,
希望能立即用于某封书信。我将说

我正好初次形成的一点积蓄
也成为滑稽的事情,成为某种
松懈的标志。

不管怎样,我们都要
尝试一下以前想都不敢想的方式。
"是不是当一回二球?"大家热烈地领会,
问题转到表面不再晦涩,
个人话题开始掺进来如悬河外泄。

石 人

1

倘若你严守公司的钟点,
我为何打卡般精准到站?
果皮箱正前方对开玻门,
二十八分共度首段车程。

扑鼻是盛夏的美肤美发,
耳边奏响青春哈气音乐。
视线落定难平胜利节奏,
连日重逢你的宁静忐忑。

如此挺拔又把胳膊裸露,
扎一朵胸花来增加含蓄。
神情严峻却把目光流离,
在我真算地铁美女第一。

2

如来自一丝不苟的简历,

去向也有把握履胜似夷。
汇入我固定的职业路线,
散发着淡淡的忧郁气息。

明快城铁浏览晨曦群动,
又投入深沉的地下列柱。
几人之隔景如万水千山,
若有所得躲进一车面具。

白领大军纷乱涌向月台,
过洪也不能把我们冲开。
混乱目光冲撞千百脑瓜,
唯有我们认识如同一家。

3

我们似有意又绝无所待,
输得起神秘戏剧乱安排。
邂逅之美多是空洞结局,
爱只在不能证实的存在。

窗外如台下般面目模糊,
车内人紧缩眉意颇不舒。
往往生活复归无奇之时,
她的身影顾自赫然入目。

慷慨给你一个绚烂正面，
美目死死地克制住视线。
连同她那茧白顺滑衣裙，
直撞无知无识白痴体验。

4

美人一去如水漾月失相，
眼如盲唯有心流连不忘。
依旧见你乘车挤入众人，
保护着青春年华好模样。

我也离得开这人间美景，
换起频道难算忠实观众。
终需揭过生活坎坷一幕，
自它惯于无须什么发生。

一千条诡计在胸中转动，
生活被谋划得四季常青。
精准又似把下力的錾刀，
迎向线雕般的心的图形。

画中的山

上半世纪，一个女人
置身色彩幼稚的山林，
引起人们说不出来的感觉。
今天，她每逢出门必要精心打扮，
三色过渡的眼影，腮红，卷翘的睫毛。
最主要的，是这进入三九的暖冬
使她的脸蛋冰凉又红艳。

我们这山多浅啊，
遮不住她小风衣雅正的白色。
那些木本草刚好过膝，
使得穿行倍感纠缠繁重。

这么空的山。
中间容易到达的山头安稳而寂寞。
怀抱着它，犹如巨兽，
起伏的厚膘上
往下成功地长出人工林。

今天这北方的崇山峻岭更崇峻了，

因为我们是几架山中
足迹仅至的几个游人。
另外的人从最高峰上飘落,
作无人仰望的滑翔。

本来我喜欢她热衷的这种交往,
以及我自己身上发生的转变。
可旅游淡季催人的落日,
却把一场可以没有尽头的爱
要送回那枯燥的城郊
下一步将到达的危机中。

滨水大道幽静得像条小径,
路边触落槐树的籽荚。
爱的开端时的感觉,
出现在它无法保证不停止的时候。
我们心生恻隐,却不能保证不再无情。
柔和的山曾使她那样生硬,
雄伟的山又使她那么易逝。

生活隐隐的震动颠簸

生活隐隐的震动颠簸已觉可畏。
碰上多大的险阻,
都不影响每日平稳的替代。
你的同情心在无形中加重,
能够爱惜一切,
深思熟虑闪露在寻常举动中。

偶尔,当我把眉头攒紧,
目光收束一小刻,
那是我暗地里为自己打气:
过一会儿,我们就会走出这
心绪的堵塞带来的千钧重压。
哈,果然,
生活给我们的居多是安逸,
乐趣全诞生在选择之间。

在你的生活中,你大多数时候
不为他人承受负担,
他人在他的生活中更是如此。
因此,我想窥探的念头

多么有害。最好让我们
看不见伸手可探的事物。

不远处确实进展着的事,
却时不时传来信息。
有时候,我以为生活本来随随便便,
应该爆发出它的喜悦。
人们一次次疏导它,劝慰它,冷淡它
封锁它,就是不给它第二种前途,
也把它的迷信搞得那么尖锐。

十 年

成立的生活有什么可乐?
知命的力量也无补虚弱。
何需埋头如此似是的问题,
新潮、旧事,都可以翻脸不认。

最不堪是一日走出去,车一动起来,
你一静下啊,就愁见暮色。
十年前走不完漫长的砀山梨园,
如今娘子关前,山危数石可垛。

只有豫西山地依然必经,
土生土长在这冷漠地带。
被枯草熏黑,一度的热情
受到无情的答复。

你被两头隔离了,你
沉醉分身的乐趣,浑然不觉。
一路不论穿过怎样的盛景,
看到的还是那些孤挺树、独行人。

你一个人,比以前一个人更为严重,
徒增的记忆塌陷了内心。
那时你卑微得如要泯灭,
现在又笨又重,是要跌落。

双休两日

或躺或坐,把电视看遍。
夏天今年来得迟,
风在外面拂喧。
就着电视,时醒时睡,
知道了有那么两个前代人。
一个,心态一生都修炼得好,
到晚年失衡了。一个,
三十岁已是一个喏嚅翁。
每个时期的恐慌
都凝聚在小歌小调中。
外出的人将带回一天的亲身见闻。
我却能临乱照样散漫。
真的吗,真的吗,
将进入你的胸怀?

雍和宫（一）

百种滋味调入，
难尝如同霹雳。
随便一样能牵你久久离开，
撒手时感觉差极了。

我的心驻留在悬崖边，
想搁它个天长日久。
当身体只合斜倚，
五官都浮到浅表。

我承受得了这漫长打击，
有时感到还在沉溺。
那么瑰丽的妄念
涌现得甜美又无足轻重。

我看到你了。
总是想着会看到你。
你的恶感是实质的，
我想自强不息的愿望，你没有丝毫兴趣鼓励。

我如此习惯于要求自己冷静，
将它视作立身之本。
可叹都不如随便点有力，
能甜如安安稳稳的孤立。

雍和宫（二）

迷人的女人，
在念经的殿堂，
脸庞的侧影透出
令人无助的因缘之美。
她跟另一个人
深深恋爱了。
眸子宁静得
都似夺眶而出。

神交一小节，
迎来一个停顿。
如同你们喇嘛们
情绪出位到一个台阶，
法器鬼哭狼嚎。
伟大的编曲搞笑了我，
缓解了我，
真想往地上匍匐。

一个梦

一个梦,有电影的长度,
难得完整的版本。
一点没有串,杳无音信的形象
明确、频繁、持久地出现,
我沉浮其中,心跳难支
最后结束了一切。

还有美梦把人唤醒。
日子压抑不了这样的噩梦。
勤苦劳作的思想,
被牵引着要奔向广阔平静,
从不给遗恨这样的字眼一个位子,
以为全力就能抓住侥幸。

我有幸汇集全部热情
于热情无济之事。
差一点领略不到它的高度。
我攀援它的沉沦,
仍收获不尽的陡峭,
步步无愧雄伟的笔触。

模拟的记忆

那些夕阳模糊的夏日傍晚
将我理出来，定格在
路人深深自责的目光里。
就我的资质，怎么都算不上疯狂，
可什么也没有发生，这
也并不是非常难以忍受。

我屈从了谁的召唤，他
还是远远赶过去时的漫长时光，
如果那是一种享受？小矮山
向外伸出一个鼻梁，引起
公路急剧转弯，
一下子辨不清了正东与正西。

也许他们就是一体，可又像
只是互相熟悉而已。
老林子里，稀烂的浆果弄脏了
路面。翻到阳坡，
短小的人工林犹如一大片木桩。
他仅用文字做过拘谨的观察。

在一切事情上都顺利,又脆弱,
这已很了不起。话说回来,
我也不敢把自己看成
感受力很强的那种类型,
虽然表面看上去完全吻合。

这种不求甚解的恬静
才恬静。满目柳树
没有那么高深纯粹。
桃园扑向远方怀揣喜庆。
我们脸上的激情
明灭不定地熟悉,在
老交情向浪漫转化之际。

某自白

我还不能接受爱中更复杂的调性。
迪斯科音乐中的甜女粗汉显出了
它足以令人醒悟的广度。
那真透彻啊,只是不管用。
他们不幸没有碰到那些你不幸步入的
深不可测的幽暗小径。自此,
某种咚咚声几乎连成一片,像
来自天外的号角,强劲得令人震颤。
即便你长发长裙飘飘,是丑小鸭也自有迷人之处。
你像个假小子,仍掩盖不住刹那静中的丽质。
我记得我们真是好一通不知忧愁的胡闹哟,
什么事情似乎都没什么紧要。
后来不经意间朝天空一看,这个城市太小了。
我悲从中来,一丝形迹本已飘得无影无踪,
现在又笼罩了我的生活。它已远在重洋之外,
又怎知唤起我心中多少罪恶。我日思夜想,
每一处都想不通,因此吃饭睡觉都出现了问题。
我不指望有什么奇迹发生,却不敢相信。
我不停地打电话,发邮件,
仿佛一刻停下,一切努力都会白费。

我体味每一个反应,那些话啊,笑声啊,神情啊,
对于别人多么自然而然,却让我一会儿身轻如燕,
一会儿如坠深渊。我还不是不能进入交流的人,
我的强烈姿态不免让别人感到无辜。
苦情的一代总是走了又来,从没空缺。
他们可以直陈思念之情,
鉴于这如此不可自抑;可以蛮横地要求得到重视,
直至面前垂下体谅的关爱。但
这种事情上自卑的心理总是要命,你有真情,可
内心毕竟虚弱。有一次我已被约要去参加一个活动,
我一大早起来拼命打扮,心里兴奋哟。
可是他们的脚步声从门外经过,没有停留。
他们忘了叫我。这一天对我来说可想而知。
我在屋里待了一整天,逐一伤害了所有要好的人。
晚上他们回来急忙跑来道歉,悔意如此真诚,
我还能怎样,只能又感到幸福无比。
我的性格开始有点结冰。我依旧不敢止步,
虽然我知道事情有多么无望。我学会了自欺欺人,
在热爱的人面前摆谱,好像他对此只有承受的份。
我不了解许多人,觉得他们完全可以成为
普普通通的人,做事随随便便,
常常还违反点常理。但不知他们为什么那么不可思议,
仿佛某个念头让他们心醉神迷。
很明显,这是想偏了的想法。
我也应该是一个随随便便的人,可我
首先就在跟自己过不去。爱啊,

总是不能胡思乱想，它永远不受威胁，
不会屈服任何过激的失意和绝望。
流行歌手可以将情感的事唱到四十岁，
虽然谁都明白，他们早已不关心这个问题。
我依旧在听这些歌。不过去西安时我喜欢上了埙，
在贵州待了好几年，我学会了关心好多问题。
我的床前抽屉里有一盒《南无观世音菩萨圣号》。
听起来有点恐怖，其实我心里明白，
我是真心喜欢这些东西，并不是多么可怕的事情。

卷四

某自述

八几年的一天,我由乡巡回法院到县里,
去看同学。正赶上集混。
我买了一些菜,穿过人群。
有个老者从身后抓住我胳膊,
喘着气,哭球不兮兮地对我说,
快、快同志我刚卖了牛,被一伙烂私儿
抢走了钱,人朝东关方向跑了,
你快帮我去追啊。我一愣,说我不是公安,是法院的,
快去找派出所。老者说派出所我去了,
他们让我先登记写明事由,我等不得。
写明事由?嘿。老者说我看你穿得
周吴郑王的公检法都是一家,如何如何。嘿。
我一乐,也就一个念头,就带着老头朝东追去。
在城门口,我跑进汽车站,
把菜放在大门后的墙根上。
我们追了一会儿,哪里见个人影。
我心想,这不是瞎追吗?不过,你别说,
没多久还真给追着了。几个烂私儿走得不紧不慢,
以为没了事。我大喊你们前面的人站住。
他们回头一看,撒腿就跑。我拔出枪,

大喊要开枪。烂私儿一下分开朝四面跑去。
我认准一个手里拿宝剑的,追上一个坎子,
嗬,那边是个深沟。那烂私儿犹豫半天,
实在没办法,硬跳了下去,脚当场就崴了。
我枪里有子弹,赶紧下了。也跟着跳下去。
我会落地滚。没事。又把子弹装上。
那烂私儿一瘸一拐,可跑起来不要命,
眼看前面就是一个寨子,没办法,
我朝他打了三枪。子弹打不远,
烂私儿吓懵了,一下子跌倒在地。
我冲上去,用枪在他肩上一顿猛砸,
好在是个54的,挺沉,放个64的屁作用都不起。
所以我们同事都喜欢54式,好歹是个家伙。
我夺下他的宝剑,踩在脚下。
还没来得及喘气,老者的女婿
不知什么时候跟上来了。那烂私儿
凶完了,抓起宝剑,就朝那抢钱的
脑壳上一顿猛砍,我哪里挡得住,
给砍得血乎乎的。我气坏了,
这下还得我跟那烂私儿把那家伙
连搀带抬地弄回去。竟然追了六里地,
靠,放现在老子也没这个激情了。
我到汽车站拿上我的菜。到了派出所,
靠,没落一句好话,说我没有阻止
伤害犯人。回到单位,还给我记了一过,

说我滥用枪械。我们院里也有个协警的,
有一伙人撬开了一个棉花仓库,扛走了几大包原棉。
扛着棉花包能跑多快,他把人家的腿上打了一枪,
也没记过啊。而且那次抓住抢钱的团伙,片警得了
300元奖金。300元啊。那时一月工资只有几十块。
靠,我每次带枪,都背透了。
我有个年轻的女老师买西瓜,卖瓜的婆娘
卖以前嘴甜得很,等打开一看,生的,
那婆娘就凶起来了,硬说不生。正好我路过,
我女老师说拥军你快过来。我一听事情经过,
二话没说,把钱从我女老师手中夺过来,
扔给那婆娘,说我们给你把这西瓜砸在这里。
猛地一砸。啪。摔得稀烂。
我女老师再也不理我了,硬说
我身上还带着枪。我能拿枪打人家吗?
我在另一个乡法院时,那是更早的事了,
认识了寨子里的一个苗妹妹。长得
脸圆圆的,皮肤白完了。我们好上了。
有一天我把她带到宿舍。我们院长不知怎么
闯进来了。让我们从床上下来。他看到我的
枪从枕头下露出来,硬说我乱放枪支。
全院通了报。后来有人告诉我,
是因为我愣头青,刚来时把人家已经结了的好多案子
又乱刨一通。我那苗妹妹当时对我真好啊!
后来不知怎么就自杀了。知道我这场爱情的人

都觉得很奇怪。我在北京见了一个又一个人,根本没法跟我的苗妹妹比,就这,靠,都还嫌我没房子,我的新单位马上要给我三室一厅了,谁会一辈子连个房子都没有呢。

忆旧随想

1935 年甘肃的一个庄院。过境的队伍
带来了战火、流血。震裂了
形式与本质一样本质的地志学的景观。
给打麦场留下弹坑,
把结满黑苔的椽纹墙熏得更黑。
让多年来的这个唯一的黎明,
没有接上后半夜天籁般的深梦。
围攻者向土围子发射炮弹,
催促被围困的南方人赶快突围。
路口燃起熊熊大火,
机枪对准火焰横扫。

每一个南方战士,记得清狂奔时
脚下的每一条车辙,里面的泥水。
在这之前的一天,他们藏身一个土堡,
从一个小穴孔看到歪斜的天空,
交汇的坡线,一群当地士兵
排成稀稀拉拉一列纵队经过,
吓坏了坡地上的牛羊和民歌。

每一个突围出来的战士，如果重新
汇入被打散的队伍，
刚才的战斗就不只是一场噩梦。
他的身后还有一百场战斗。
队伍行走不远，突然地断路绝。
一个大峡谷披着晨纱薄雾，
座座村庄就像在水底摇曳飘荡，
苍黑的槐树溶解敷上色彩，
他们就像降临一个天井。

每年正月，我们向北穿过由山东而来
向偏西北摆动的那条著名的苹果带，
爬到山谷前的最高点上，大汗淋漓：
这是哪一条已沉入地底的河流的旧巢？
我们能看到对面山坡上姨婆家的黑色大门，
许多层架板上的一只黑罐。
阳光温和地抚摩着那未凿的土、塑造的土，
十点钟后对准这宁静开始锋利。
鸡又跑又叫，亲戚到。

陕北的山曲

河套一带一个夏季的院落,
被一个雏形期的学者搜集并带走。
在得出一个理论粗样之前,
院子里的人早已散尽(以后将
散得尸骨全无。看来我们已习惯
将越遥远的事物想象得越倥偬)。

另一个院落无遮无拦,原野
在它面前隆起,上面印有一条
需耗费半小时的小路。
这儿辽阔得已出现戴豆豉色毡帽的蒙古牧民,
他对夸张的演唱风格觉得难为情,
这是认识走样的又一个证明。

其他随便一张脸孔都符合印象和记忆。
这样毫厘不爽,呈现出学术一次次被刷新时的
令人振奋的精度。
精确到这种程度,越是无名的人
才越显得灵魂动人。
房屋的檐面和院中的蔓藤

也尽显自己栩栩如生的细部。

仿佛人们无须自己便可完成娱乐,
艺术最浓烈的用情也最需程式。
三根弦来回使用,
演奏者像沉睡不像陶醉。
我们怎能认为这些人会被
这热闹非凡的场面扰乱,
就像我们衰弱得动辄就被搅浑那样。

一个从山沟里走上来的老人(两边的山坡
已淹到他的下颌)仰起脸,
送给狭路避让的你一个梦寐以求的理论依据:
在同一个地方不存在另外一种生活,
比如充斥唱词的由民间边缘人描述的那种生活。
他们用有力的喉咙,健壮的脑门,
无降落地在最高音上运行,
也不认为这是一种分裂出另一个世界的声音。

山　坡

人们映衬着它吃罢早饭
(啊,随太阳一道降低血红素)。
柴油机突突冒出黑烟。
沿着两道上了釉般的车辙,
传来远方又饿又累的声音。

街道好脏。寂静的上午
仿佛被蜂音浇铸封闭。
几次晃动者的晃动,
无心对纹丝不动的远景稍加注意。

所谓远景,就是承受了过多抚摸,
无欲,不孕。只有它的小刺
隐藏在指甲大的肉叶中间,
细浪般的绿叶在感觉中涂满。

不枯竭,又不擢秀。
两张脸孔就像在电话的两端
承受着身体
与话语间的分裂。

多么聪明啊。既有大智，又有小聪明。
涌出白茅，一年收获一次引火木。
裂开窀穸，将一代代居民尽数收去。
入夜后解除了视觉上的疲劳。

景　象

酷暑当前　日照在加强
节气正相应　田野不断地
加快生长　遍地灼热的欲望
蚀流
作物所有部位发育兴奋
伴随体表的大量溃疡
湿淋淋的伤口
在阳光下析出盐状结晶
洼地一带滚烫凝滞　稠密的芦粟
遍体性征质的膜粉
青色的甘甜已经浓郁

这样　当雷暴群如期来临
旋光和雨水扰乱不眠之夜
供应终于全面充足
水流漫过茎叶　叶舌交颤
影子昏暗而杂乱
叉腋隆起　显示
时机来临　诗人呐喊

让子实在骚动下催放吧
回答这金色时令的无限生机
不要等待更富有成效的孕育
甚至不要为了坚硬而使子囊空瘪
让亿万的籽粒
在灌满翠绿的浆液时
就被采摘

王不留行

我咏遍杂草
估计它们在阳沟中
靠常见的腐朽的力量拔节
而上　茎中翻涌着
血和乳汁
盛夏已毕　要么像真菌
依附大地而生
使北方的崖坡和墓地
长满疥癣

王不留行
一旦为先天性的盲点
考察到这样一个
意义流落佚失的名字
我所有的歌唱便告成功

四月与麦一尺高
五月与麦二尺高
黑沉沉如同此间每一个早晨
裹着地气欲出的红日

沿着光嫩的茎杆挺拔到
枝头　开出品红色的壶形花

六月与麦一道成熟
黑色芥籽因此混入麦中
传播不灭　可入食
拨开麦丛寻找它
却暗窥着它脂粉般的甜味
诗意萌动的幼小心灵
早而强烈的
一段感应的激情

电视画面

电视画面强烈吸引我
辨认眼熟的地方。
纪录片的用光使它的盛夏
淡得发白,从中心开始
一直秃到崖边。

浅草的绿色确实
成了淡墨色。
午后时光
这片阴影表现静谧凉夏。

这点景色看不尽,又来不及看。
摄影师看到的
温驯的山,松弛的水
是某个冬天
给大脑带来的热度。

烟村(不是炊烟
和取暖的烟,人们是指
林杪)不设计而有小路系统,

引诱步行下坡的欲望。

老亲戚门前栽种
几十株洋姜,
带洋字的东西都有的大块头。
这局部的苍滋
想当花来观赏。

村　庄

秋冬季节里，冰凉的暮霭
使行程和归宿倍觉渴慕。
一个成年人愉快地回味着
对满脑子记忆的熟悉，
不去管被挤到了现在的年龄。

他能用吃一根甜杆的时间
衡量剩下的路程，精通二者的刻度。
眼前是遗洒着玉米叶子的路面，
自行车的前轮将它向后卷去，
收割后的大地变成平稳跳动的河流。

我熟悉这些延绵不绝的千人大村，
一片片麦田将其框死。
离开时总是懈怠，不禁问，谁
□□□□，谁有这种癖好。
下一次，我抵达时，制造了自己致命的拜访。

很快时间夷平了我拐弯抹角
在某一前院的驻足，主人大呼小叫的热情

陷入客套和死板。女人反倒掌握了细致
娓娓的技巧，这一刻只限于
基本正常的时间对她的隐隐震动。

我没有进入她的情绪，急于将现在
就变为故旧，就着灯火考察它
木刻式的暗度。她走出情绪
来到街上，九十年代以来，那里牢固地
树立了对节日间露天舞会的兴趣。

它搜寻的是未加表现化的金黄，
一道赤裸裸的光线。
细如毳毛的麦芽，泥块翻滚的土地，
全部资料被推到村庄的外围，
大路上仅能辨认沉黑如铁的事物。

春归故里

几年前,我还曾与表弟骑着车,
在北边的塬上,
故意走了一些从未走过的路,
经过了一些从未到过的村庄,在
一个不熟悉的坡口下塬,
回到本镇一段拥塞的重污染地带。
那时遇到的问题就不多,
这次看来问题更少了。

大概只有脑血管病肆虐,几桩
猝死事例细节丰满。
父母还只会慢慢衰老,用
两株青槐将院门压得低矮。
田里正在收获大蒜,丰收得五十个骨朵
卖不到五毛钱,人们却不怎么在意。
南边村里的人,好像小时候就在
地里育苗,育种,玩弄花样。
这些保守的人,从不让某种变化
引人注目,使得我们宣传科学时
总觉得有点学生腔。

我尽享他们种植出的一条幽深的道路，
走完一段虽然惬意，也没有出汗。

麦穗正好可以垂手触到。又多又大，
离你这么近。好了，这就是
我最久违的时间段，最久违的事实，
我本来觉得必不寻常的意味。
应该所见已经完整。
或者顶多如此，没有
让我倾倒，反倒得
承受我随意添加给它的东西。
一大早我同时收听两个收音机，
了解北约的轰炸，给那些
本来清新的晨景险些套上战云。

还有一件事。这次
我考察到苏轼曾严格地路过这里。
在一首诗的标题中，提到了咱们小小的镇名。
不过，没山，没水。诗人感受不到什么，
只好转向自身："马困思青草。"
也许他不甘心什么也看不到一点，
于是提到田中"凉叶晚翻翻"。
的确，一切
只有一料庄稼那么单调，那样长的寿命。

春色该有多么浓郁啊！

遍地单纯的绿色，被一些零碎的色彩
分割，在各自的格局中积蓄，饱和。
团状树冠，印象状的村庄，
稳稳当当地布置。
布谷鸟欢快地飞行，像它的叫声一样明显。
一个月后它将焕然金黄，继而白热。
无须那时，东坡也不必是李贺，
就可获得地图视角，一看
就是几十里风光，千畦的
翠浪舞晴空。
我有多少年感到大脑的神秘，
现在似乎走出了有点蠢的迷念，
一切就要回复到它本来的样子，尽管
可能更不明，虚幻，更令人胆战。

在横渠

>我的认识一知半解,
>我的向往三心二意。

东坡,由他秀丽的南方眉山,
到这水浊如坩的凤翔府,
一待就是八年,也访问了同榜的家乡,
眉县,这又是一巧。访问完毕,
照例要做诗,文思枯竭,
只靠一手漂亮的字来挽救。
文字时时要陈旧,书法的乐趣总是新的。

方那时,东坡有年轻人对佛道的兴趣。
张载年长一轮,已厌倦了佛道,
决意做一些成人的事业。
东坡一生本质是个弱书生,
他冒一些险只是才高技痒而已。
张载,做成了一些事。
试验田亩制度,修订家法规矩,
陈义高,求治切,
有什么意义,都是研究者关心的事。

我厌倦这坦荡如坻的平原啊。
一年四季扑满灰尘,不温不火。
新而反陋的村庄,集市染污的乡镇,
雷同可憎的县城,就像满街的礼盒,
包装再豪华也掩盖不了春节情趣的悲哀。
你何曾有第二次机会
在一个县城突然看到一顶古塔;
只有一路颠簸,到达寻常的横渠,
名字何其古,镇却全新,
一座仿古的书院列在一厢,
总算新奇,这个地方有点观瞻。

向南二十里,上了塬,
出现了大沟大壑,视线有了曲折迂隐,
我的情绪才高了,是顿时从倦意中
激动起来了。
我原来真正爱的是山啊。
仁者爱山,我看仁者爱平原,
佛道才爱山。即便无清气,
也有高危跌荡来的空虚。
张子身后择居一片橡林,
远处坡面田畴如梳,坡脊上一座小屋,
小路边洒着白杨。

这逃避的制高点面临前方,

如此广大一片土地。
二十里下山路,直得没拐过一次弯,
没有一次被村庄打断,可休息停顿。
一口气走这么长的路,我才能开动想象。
张子带着弟子一步步走完全程,
一次一日,一月数回。
我提醒到,从这个角度,此地是活的。
我们爱离我们最近的事物。
爱得远了,就会发疯。
可我们也崇尚发疯,想借此增强力量。
因此总爱远望,回眺,但休息却总在现时。
这小蹦蹦车里载着寒意,
日不敌风没有行人。
四周,地方以猕猴桃立县,
田头扔满驴粪蛋。
极感饥饿,像细树枝一样耐嚼,
地方全靠一种手工面。

宿　镇

三角集市广场垃圾绊脚，
清扫的工作怕要重过农活。
年轻人的身影晃动，
邻楼某单元日前又传杀人。
我躲避着进了一家网吧，
人情很淡，没人惦念。
几分钟出来，咚，咚，
黑暗中，重磅花炮硝烟呛人。

百货店都改制了，推行超市模式。
科技受到嘲笑，说某个谁谁，
进去遛了一圈，正要出来，
被吸在门上，狠狠罚了一笔。
据他讲，是地上掉了
两个泡泡糖，他顺手拣在兜里。

大叔一生百折不挠让人佩服，
退休后将家办进两居。
沙发靠墙摆满一绺，
架势可以坐下全部常委。

我一会儿工夫就能回家,
盛情难却只好留宿一夜。
吃了一顿面,客厅全是香味。
小房间里简洁,安静,
无思无绪正好弥补多日缺睡。

大篷歌舞

生活存在于汇聚中,从那里
我们延续着关于孤独的真理。
看电视新闻,我生出遗憾:
不能在同一天经历那么多的地头,
街角,荒山野岭,哪怕它是
荒唐无聊的事件发生的场所。
某天当我乘一夜火车赶过去,我
终于感到自己在看着自己,而且
发现那是多么悬乎的事情。人们在
观看别人的时候分裂着自己,
看得越多,就越变得无法忍受。
就像这个县的县民,
他们要每年都会集在一起,把一个
传统的物资交流会变成对抗他们
太多见闻的一种方式。啊,把
好几里长的帐篷沿着公路塞满夜色。
我漫游在这通宵集会,
发现了它这种旧有意义的褪色。
仅仅在卖草帽和牲口铃铛的摊子上
我看到了一些闪亮的东西,它的

人头攒动的吸引力在你汇入时
已经衰退。业余剧团临街清唱,我
只看到了赞助者的名字:人大
办公室,政协,还有县第一大
通信公司——竭力引导方言手机。
我去看了一些游医,给他们一些
将来会累死我的承诺,好在
那是将来的事。他们那里
从来不会增加什么新的病例,
更不要说我的这个街道消化不良症。
目光和大脑空虚地旋转,把一切
慌张地模仿、移植,使得发生有如虚拟。
但文明总像福音,传播者不畏荒僻,
带来它美妙的新新歌舞。在尘土飞扬的
角落搭建起高功放的电声乐队。
天使们让那丝质内裤像海鸥一样
上下飞动,在掌声中倏然捧出
她们的一对玲珑。我在围绕舞台的
弧形条凳和端饮料筐的小贩那里
感受到了甜蜜的忧郁,承认
社会在人们的牢骚声中并没有
放慢进步。它将给我们日趋明亮的
面孔进一步穿上轻装,使所有季节的
换季提前完成。而我却执意主持着
时间的戒律,反对它们汇集,反对
地理四通八达的侵入。歌手们

身着另类服装,但诚实无欺,
热情与5元钱的入场券沟通,这
加倍蔑视了我,他们竟然
还精心宗有一种流浪歌曲的派别。
我退回到树影摇动的夜晚,耳边
的嘈杂和震动不能一时间停止。
我们家喜欢说旧,这不自觉的习惯
占去了我所有的时间,使我从一个外地的
个人回到本乡后还是个人。
我因此才那么感到自己枯竭,
总是以赶快脱身和忘记来走出不悦。
我尝试多在街道一人溜达,多制造一些
去向不明的时光,直至深夜的喧哗
显出倦意。但虚假的自得更加虚假,也让
我们的为人一次次陷入局限。就这样
不管时间怎样让人步入成熟,我都越发觉得
定型为一个无法判断自己的真实性的人。

闲置的家园

鸢尾的几枝花葶上正蓝。
其他散落的花籽纷纷出苗,
在庭树下形成令人深爱的
"林薄"——我一直准备用它给人
起名字。女主人丢下她
经营出的上好的清静,
借口畏惧孤独和人际关系。
房门的锁打开,涌出
潮湿闷热的空气。抽屉里
大多数东西仍能使用,
电话机驯服地潜伏着优良
信号,仍是活的。
这个当儿,几个侄子正七手八脚
抽出井水,到处浇灌。
我眼力在这里才显得不行了。
老觉得院子里不明朗,仿佛
能看出那层浓郁空气的身影。
我们这一来冲散了它。再将门
从里锁到外,街上四邻
都不见,正好 BYE-BYE,

你们都好好过吧。我们亲历的个案要积极贡献给我们一生要亲历的历史学和社会学。

卷五

黔诗 5 首

这是旅游的大省、年龄、心境

> 远游无处不消魂。
>
> ——陆游

这是旅游的大省、年龄、心境,
都是最合适的。
它们结合的每一个视野都像
是我一定不能错过的,
每个都像对我是唯一重要的。

乘火车进入,它能将可以一次
满足我的东西重复一千遍。
新春过后的丘陵只用菜花设色,
其他地方都还发黑,展览它
口琴孔般的二层楼房。
碰上一个大矿,像巨桃
被咬去一口,露出雪白的岩芯。

等转入公路,油菜花已在几日内衰老。

萝卜花正素雅。
春光明耀,使山岭驯服,
使沿路居住的人家懒洋洋
无所事事。让我们
只顾计算道路怎样盘旋到山顶
又盘旋而下,再上,再下,
即使合着眼也觉得不会将什么遗漏。

偏远到一定程度它不通车了。
落地间我们的步履和心情开始失重。
它以前方迷人的转弯
渐渐推出宽敞平浅的田野,
垂首静立着一些嘴唇触地的牲畜。
天黑前我们只需到达那个散发着余热的村寨。
如此闲情让女人们大为伤感,
好像想到了恩爱及它的残酷。

每次我们都不信任名胜,
每次它们都是空荡荡的。
哪里想到那是群山在奔驰中
突然停住,汪洋成湖。
再被夹紧,一直向那
曲折沤寒处纵深。
枯柴般的山岩,狰狞的石穴、莽藤,
犹如进入孟夫子竖排的五古诗行间,
虚无之感我真的开始感觉到了。

春　山

每在一个陌生的地方枯等时，
都有这样荒唐。
我隐约辨认出了以前的一些处境。
山，很高大，但被中午
消磨得丧失了气韵。
油菜花服着站刑，
白色的菜蝶无声地翻飞，
远处拉着一副电线。

当我闭上眼，充耳不闻的鸟叫声
开始浮出来，不倦地破碎。
阳光已很厉害，春天还不能
压住浮尘。也许偶尔过一辆车，
都会给我多一层覆盖。

我需要改正。不能
被惹得一味松懈下去。
同事们，只有你们在按部
就班中开始得到休息。
我躺在路边这绺破旧的茵毯上，
并不惬意。

山　县

我们的漫游自有它的潜意识。
表面上看，我们更容易被表面的东西吸引住了。
每到一个县城，这是在山区下车
休整的最小单位，你会仅仅因为
初来乍到而获得长足的目光，自大的
野心，想把它们最宝贵的东西
都置于你的征服之列。

它们的确是。美味
和郊区清澈旺盛的河流都代价很低，
因此很容易让你深入到它的最深处。
或许那是它们以简洁的人口排演的各类故事，
少许多顾忌，且有那种貌似荒谬的
很快全城都知道了之类的效果，多得会溢到
赶完场懒洋洋走在城外山路上的农民身上。

头一遍穿越它的主要一条街道，
我感到到处都是甜蜜诱惑。再甜蜜
也不会让想得到它的人感到抑郁。
许多人已经以他们朴素的成功
拥有跟每个人都像是熟人的老练心理。
我们也可以闯过临街售卖的拥挤地带而内心平静，
这给我们莫测的身份把快乐暗示。

我抄写各行业门上的对联，大大地
娱乐了一把。我没有洋洋得意，深知
他们这类天真下面布满心机。
我害怕这也包括大街上那些给人频繁打击的女人，
也许都有恃无恐，在散漫和刻薄上面
叫人捉摸不透。还有那些
快要长成的更迷人更毁人的新一代。

只要我们不溜一圈后继续乘车，
我们就住下来，心提得高高的。
这在下午过后街道顿然变空的时分尤为强烈。
我们会朝着它尽头的夕阳一路漫步，将
该翻找的都翻找一遍。
相形之下，当地人对这些已非常熟悉，
而且没有经历我们这么生硬的渴望。

山　村

一个已进入民间文学的清代才子，某部
大型字典的主持者，还用他的
踪迹和事迹统治着他的祖籍，出生地，
早期学术活动的场所。
在一片川地的中央，一个小山丘
专门辟作他少年时的读书处。无论
远看近看，都相当灵秀。

披满植被，石材构成小拱桥，
台阶，走道在山上任意伸展，
像几道黑烟，几株古柏腾空而起。

原先那里只有几间瓦房，毁于近代。
门框上每逢过年却仍被贴上红地浓墨对联，
成为相机取景的绝佳点缀。
另一边，一个新修的纪念馆连接着雅致的
庭院。他的八世嫡孙在此工作。
平日的访问量为零。多的时候可以
来几辆大车。因为在远祖的时代，
越僻静的乡村越比城市高贵。

这使他那位远祖到老都长着
怯弱呆板的娃娃脸，完全不是
馆内悬挂的工笔肖像画的拙劣所致。
旁边他的那位诰命夫人也墨线幽古，
脸色蜡黄，恰当地传达出遗像的
死亡气息。横幅手迹
字体纤弱，毫不怀疑地套用前人的视角，
描摹川地里的风光及农耕图景。
他浩瀚的书卷已无从搜寻，
博古架上摆着几本薄薄的佛经——消闲类书籍。
纸张混浊，有着尘土般的颗粒度。

转完一圈都不需傍晚到天黑。下来后，

我发现这少年的诗歌是纯粹的
现实主义,历代也只有这一种风格。
这整块地方仍只有农业。小河,村庄
的确抒情,并非我们轻浮,土地
只像风景的要素。人也像,比如说,
古代大多数诗人出游时遇到的那类,让你
进屋借宿,出具腊酒腊肉。
他们都还储存着已搞不清楚的记忆,
很容易把所有的话题都集中在这位先人身上。

到夜深关于他的故事还讲不完。
当我到屋后去解手,深不可测的漆黑
与寂静。空中略感雨意,一丛修竹微微摆动。
早晨,我们就着河水洗漱,铅云
过阵。整个川地显出了气韵。
我们迫不及待地出发,将
村庄人烟甩在身后。
这个早晨行走在山路间的清旷之感,
惹人长啸,想起来让人神伤。

高　坡

白天让人无从捉摸,
离开时我把它抓住了。
路旁立起竹木檐面,
车窗外闪过遗贤的面孔。

这小小高耸的石原，
寒风曾把它吹得无边无际。
现在收住了，在孩子们
映红的星星之火中。

所有的线条可以稳定整整一天，
颤动了。自律的
都往外浸染，送出
一队拾牛粪归来的妇女，
心境都是湿润的枯柴色。

就像太柔情的事物，
让人无法长久忍受，使
我们消失得这样快。
沿着它的一壁之之而下，
经过山脚秀丽的村镇，
当日返回辖它的城市。

上苑落日

踏着荒草,那倒伏的莽林,
我们做系列寻找。
不用费力,景色
便可抵消美色。
抢了第一眼,水边的数杆白杨
用鸽群又镏了一层银。
太奢侈了,绕到背后,
将我们几个多事的身影
穿插进那狰狞的炭黑。

冬天的驼色山多耐心啊。
对峙中,用一根铁路桥沟通,
还在干涩地泄出水来。
是它们引发了复杂面貌,
大小角落里全是乐园。

那边有一坳果树。
这边是个大冻湖。
在那边,我们恨不能将
每一个被野麦封死的壕沟

和每一段被废弃的双排林荫
剥开了描写。
这边，美得多么无奇，
就像日本人常照的那种。
红光一直从低天淌到跟前，
（那时地平线多昏迷啊）
把这些四十无成的人
一次次摔翻在冰上。

顺手指到长卷的某一局部

我把这块地向朋友推荐。
天黑前还有时间,
径直把他带到这里。
它的边界我依稀确知,
这次来,粗暴地垒上了一圈围墙。
野麦势力壮,灭净了异己,
在雪地上密植出好几亩。

有一座坟墓,
或许不该随口说出这一发现。
他果然煞有介事,
拨开刺去读墓碑。

你可以想象脚下有多么
潮湿,腐烂,肮脏。
雪只能强忍着,掩埋着落叶
和各种令人沮丧的坑坑洼洼。
幸好结冰使一切可涉,
可以让我们胡乱爬上公路。

他果然又受了感染。
今天我的心思沉不下来，
觉得不如完全浮起。
这条大道照旧干净、安静，
道边树也雄伟，尽头也含着烟。
我止不住要谈别的景象，
其间也有了其他提议。

盛 夏

一条漫长的道路只包含了
一个玩笑。
肉体对快乐的思念像
失重的目光一样散漫。
颇佩服它一扫
即能抓住全部事物的能力。
两小时到达的一个旅游胜地
在一秒钟报废。

此地优美的格子框架上，
平稳滑动的小汽车
迸溅着火焰（框内是碱黄色的麦茬地）。
慢性的变化时不时要停下来。
树荫处犹如水中世界，
波动着粗壮的树干
和夹在中间戴草帽的脑袋瓜。

那受到色情损害的大脑，
一次次体验到了这样的时刻。
之后，目光的搜寻变本

加厉,成为无尽头的苦役。

相比一个收藏丰富的露天博物馆,
它四周的贫瘠单调多么耐看。
借助那些速生的劣质树木
逃避刺眼的明亮。
暴晒处均匀得像黑夜。
在那儿我将自己的行踪检验。

冬天园中

请我们拨去眼翳,
有时在院子中站立
产生了矗立山尖的感觉。

密宗占领制高点统摄,仪仗中
装饰着灰白的兽毛长绳。
它可以
只看到全幅的屋宇瓦纹,
檐翼下的游人可以
粗略计为静止。

或者是大片不能荡舟的水域
干净得显出隔绝力量。
混淆的整理的
心境都接受
这个定局将其占有销毁。

它只让在垂柳枝条的漫长
静止中解放,
在打开的冷气中苏醒。

落在淡墨树冠上的
蛋糕般的红日
所给的界限。

从鼻端,
我们看到冬衣隆起
将我们安全掩埋。
长椅上的生涯可以一直让人脸上初显皱纹。

在湖前

这种接近太容易。
日暮时进园。
它的美纹丝不动。
边缘上人们漠然。
树荫融入晦冥。
游兴就要落在山里。

这裸体被天天翻看。
谁会留意那些栏杆呢?
怎么会扶着它,跨上它,
一支歌教一句学一句,
直到嗓音中的兴奋塌陷,
模仿的水准下降?
隔着栏杆

我们今天以另一种姿势来爱。
你睡着,又感觉到
爱人在另一间屋里干她的事。
竟然会这样,
对她来说真是一种进步。

它被盛在这儿晃荡，
拍打，无声地
在耳际放大。
有足够的时间可在
思想中将齿缝剔净。
目光不能企及那细致的渺远。

划船者，曾不让一寸水面
超载，荒废。
我们也爱柳枝的前景。
"白雨跳珠"中的那种
白，躲在后面，一大片，
涌来险峻的气象。

天坛午后

低矮的松林。锈草
模拟出原野。
阳光、蓝天降临一处，
如此充足。
灰鹊平躺在空中，
像一架十字，细细地体验。
它因人的注意更觉得
自己清静，发出
勉强称得上鸣叫的卡卡声。
临近、远去了一个家庭。
母亲说她已老踏实眼了，
女儿反击说她还小得踏实眼着呢。
懒散的依靠也踏实眼了，
连同尽管每个人对它的那种习惯。

京东行

1

现在看山,我们找到了
聊可着眼的点,校对
它与知识中的色彩。
小四说他在彝寨接过一把
当地青年自制的笛,
虽难看,一吹,音挺准。
这个非专业人士不能描述。

暮色在往河谷里面加重。
真要另眼看这无人的季节。
背崖上悬垂的巨幅冻雪,
还可以待一阵子,
一滴滴融入河道。

走了十多里后赶快返回。
即便如此,也踏上了
多年不遇的夜路。
我们知道各自的问题都只是

暂时悬搁（我的多令人
恐慌啊，简直只剩下依赖）。
大山黑魆魆地隐去轮廓，
只剩下星星的难度。

2

出了峡谷后，谷地扩展，
山高渐渐失去。
公路向远处抬起，
气温升得更快。明亮得
直晃人的眼睛。

山腰上能辟出小片田地了。
有一块上面立着棉花的
枯梗，还裹着几团棉絮。
大家的体力和兴致恢复得
相当旺盛，只可惜
小路掉入人家的后院。

村里已有人穿上单衣。
这里不用想，最爱说的总是
人口问题，再加上近亲结婚，
墙上紧迫地提示。
村口出售一种退化梨。
春天展露路沿蒙尘的地菜。

3

小四是研究小城镇的。因此
坐在该县世纪广场上休息时,
他严厉地批评草坪中
没有设计穿行步道。广场
过于将中心集中到
台基上的巨型雕塑,可惜它的抽象
无神得像四处散布的闲人。

远处,中心街上,
两排商店门脸造成了
典型的视觉污染。
一盘汇集了冒进新民歌的音乐带,
加剧中午的灵魂走向崩溃。

应该住宅入小区,产业入园区。
车辆不应穿过市场。那里
应是步行街,设置些座椅。
总之,主要的遗憾是
缺一条河。这些北方的农业县。

田头偶作

> 独携幽客步,闲阅老农耕。
> ——梅尧臣

一直在等这场雨,老两口
才能把果园的豆子种上。
地头矮圆的树墩上
落座酒后的闲人。
困乏啊,请挥发出我的大脑吧,
先从我的眼睛四周消散。

借助核桃树生产队那么高的树龄,
树冠,叶片,青果子,
全是汪汪凉意。
借助剖开又耙碎的松土,
蜜色诱人的红糖。
瓢虫从手背上起飞,
投身下午后半段的光线,
正澄净。随便扯下一段枯树皮,
里面的蚁群一阵沸腾。

长发男子拿着相机追赶耕驴，
时髦女郎追赶背景。
五天的小驴驹
追赶他未休产假的母亲，
像刚刚剪完，打开的剪纸。

一队人跟着耕作的进程，
浮出核桃叶片的海洋，
又返回来了。
小型农事强度一般，
因此空气的燥热适度。
如果他们真心向我咨询，
我当尽力为他们策划。

卷六

新生活的女性

参照了各式眼光趣味,生活推出了
僵尸、赝品般的美人,却让她
从后台溜走,流落到我们身旁。

这一问题的来势无法阻挡。
仿佛在有的日子,一大早,树木
把影子四处涂抹,青灰的天色
铺天盖地,推动你
穿过一条略为明亮的小道。
空中不降尘,在以往
这会让整个大楼一直沉睡到午后。

交谈中,她表示对你言语变得莽撞
并无恶意,但并不意味着你对自己没有恶意。
我还知道,她时刻迷恋下一步的事,
结果给皮肤安上一层茶褐色,
滤去了光亮。她每走一步都是不祥的事,
这些家伙的心常被搞得怦怦直跳。

她轻巧地掷来一个含义:李白

真正解风情，杜甫只不过
把这个主题附和……
如此彻底，却不可笑。
现在能做的只是回避，却未加思量，
仿佛有一种爱的功力可以继续修炼。

在这儿我们似乎傍晚才真正醒来。
足不出户，看到的天空不是天空，树也不是树。
每一个记忆就像移步换景到一个极易逝的角度：
看到晚霞镶着鲜艳的黑边，
地上鲜艳的六月花犹如它的投影。
你夹在这一幕中反应剧烈。
每次回家，第一件事就是脱光衣服，把睡衣换上……
这样紧紧收敛的身体，脸上
散发着一个词牌中装载的痛切风情。

给小说定调

> 玩笑仅可悦俗眼耳
> 不足以清玩

我在这一天一次次在桌前坐下
感到不能得到我所爱的书的理解
有什么书能把我彻底清算能有力堪比
无聊后的睡去或紧绷着脸强压的
话语(比好久以来的一次出门还要刺激)
虚弱的眼力会对早晨五点的光线反应剧烈
看着染发剂和铅华飞快地夺去了少女
目光的清亮话语也尽显本来的空洞
一度我既能做到说笑又能做到合理
如今它们还在努力想晋升到天性之列
让你使劲想上升又渴望痛快地摔倒
在这个过程中你完全沉寂而时光又会
一如既往地开始复苏把
女人打发到舞场她们总能自我保护手
拉成一圈始终只放松自己其他人则
心境松弛用最慢的步子散步到草坪
坐在那儿感到任何话题都将转移我们

走到户外的意图使问题不能完整解决盛夏炎炎
女人曾是多么容易滥用来治疗人文主义胸闷的
一个话题以它为依托进行大动干戈的学术发泄
如今这已因我们可怕的不彻底（等于让我们变了一个人）
沦为二流使我们的坐相如此不可原谅地富于经验
态度中自惭杂糅着自得不久以后我们
挽着爱情（简直不堪反省）她说想到自己戴了
这样一个颜色别致的乳罩短袖上衣遮不住
雪白腋窝让她一想起来就感到兴奋
"你的头发不要贴在额头上，你难道不应该为我
把腰挺直一点"这时他阴云重重的脸色下面
正有万根水藻向上扭动突破不了
平静的水面（能得到她一半的洞察
已多么罕见）
在他心里他正急着想赶回去把一本旧书
翻阅只要是美人就肯定以享乐为冰清玉洁的
理想有什么比把心从所有细小的欲望中
撤回牢牢关死更让人感到自强不息
我明白这个道理一次比一次更加明白
一本书沉于心底深刻无比满载
他丢了魂时的魅力有什么比
动手输出它以前更不让人丧气

家　居

午间的阳光照在酒桌上。
年轻人都装死,老年人主宰气氛。
这点让人忘掉自己的乐趣
漠视许许多多目光紧锁的密码。
小团体紧紧拥抱,爱与憎
在时代交错的背景下都显得温暖。

我第一次考虑译出
这些想法。虽然时光与经历
终于给你带来稳稳当当的幸福,
你的削瘦中
仍储藏的那片若有若无的丰腴
将化作爱的激流终归再溶去。
可现在却让你舒适,以往
不再是启示你抓紧生命的财富。
你与我共享此中愁闷,比我有更好的方式
回避其中更悲惨的意味。

中年以后,你将杂事关在门外,
杂物关进线条笔直的橱柜,地板

干净得让人不忍举步，一幅不艳不淡的
窗帘新挂上去不久。可看到它的人
并没猜到这个生活才成形片刻，
舒心的日子还没来得及喘口气。

深秋是倒序的夏初，户外的明亮
连接着定型的个人生活的不见天日。
你与它的不可战胜的距离，在它那儿
受到街道
像漂满浮物的河水一样的
冲击，走到一起像失重的相撞。
在你的身边，你的充溢的内心
使你发出短叹。

你承认没有多久就在
午睡后萌发自杀的念头，现在
嘲笑这一想法。
这怎么平静地对待：犹如我嫉恨
那些引诱者，更憎恨他受报应的
那摊子烂事，一切都像有罪，
这种生活的逻辑，还有那
淌满信纸的人人擅长的议论：
"在别处，要么在暗处，生活不在原处，
这是此类空洞探讨的顽念之孽源。"

星期天，两个人乐意躺在一起，以最慢的

节奏谈天行乐。自从有了这，
似乎才对生活真正有所屈服默认。
那时，他们都忙于将
一切观念尽快付诸实施：
风急天晚，抢收土豆，抓紧
窖藏；或者冬日为取暖材，一圈圈往远山
寻找。几十年过去，这在死亡映衬下的
激情由身后注入。

行走白描

闪电的白炽在墙上熄灭,
几丝雨使得灰尘呛人。
加深的夜色更适合一场
汗湿津津的思绪,又可把它通体
吹个凉透。这时
一天到了尽头,拐出小巷,
路灯让它在破碎与挽结处,彻夜疲惫。

像声轻微的叹息,一闪从上空划过。
像友龄长久得无话可说的朋友,没能会意。
雷声隆隆,大雨倾盆,
汽车像汽艇一样深深犁过。
就像今年七月将城市猛烈刺激之时,
把我的眼睛引入沉睡。

他有点吃惊,现已变得平静。
过去和将来就挤在两侧,借给他短距路程
广场般的视域。喷水管
无声地旋转,挽出水花,浇湿草地,浇灭暑热。
当他每次临近夜深从那里出来,

一个人凡事寻求明确的习惯
早已改变,虽然还没变成另外一个。

他黏稠地流动,连续运转,
我甚至不去想什么使他这样匀速平稳,
使他以一步半米的步幅向前,
双手空白飘逸,不握一丝累赘。
什么像上了油一样轻松咬啮,稍不
留心,就会出现突兀脱节的梦的意象。

沿着栽种单行土槐的背街走下去,
星期天,他准备放纵一下的念头
也显得香甜。
也许逢人便需拌擞兴致(他不忘
掺入一些貌似唐突的清高的音量)
使他有些支撑不住,他趁人不备,
溜到大楼后面,
将一棵青草沿着骨节节节折断。

后来一封信让我心动,
但幸好这样的事如此稀少。
他说生活处理不进大脑,只好拿一个记事本
把一些细节草草记下。
(这是可能的,留意到的事以后总会发光。)
即使它本身晦暗无比,正好可与其自身漫延的影子连成一片。
就像庭道树之上看不到的夜空一样天衣无缝。

夏天的每一天

1

一个稳定的态度被打翻，
流出越来越多的兴奋。
这源于一个人还想努力
培养不假思索的习惯，
要让自己该发生的
先发生。让时间
不再是空跑的货车。

走完人的办公室，
叹息在最微弱处
一次次扩张。
这是不是那种最使劲时
最失败的创造，见到
一丝天光就会破灭？
我记得有时也
出去一趟，又回来了，
对以后无明显效果。
日子照旧一过一大片。

看来我迷信有什么外力
能把我从一个国家的无欲
变成另一个国家的乐观。
主动把我改变。

2

响动着,一个小循环反应完毕。
里面无缘的激动,
让人慨叹直觉的大真。
那有毒的脸孔不
迷魂,圆润的臂膀不起火。
你才重操癖好,
越无特征越要细细感受。

要把一片空白也过拥挤,
在峰谷急剧中无起无伏。
任由自己放松,在够慢的
行程中频频歇脚。明丽
的事物无法扎根生长。
长久无意去留心景物,什么都
板结了,可
那些多汁的记忆,多叉的未来
都是偷闲取巧的产物。
我为什么要执着眼前?
一大片夜晚

都消耗在磐石般的散步中。

3

总需要再验证一次,
我似乎才会确定:一分
侥幸的事最易
带九分侥幸结果最易
还是一分侥幸。
它掀起了波澜和乐趣。
在新一周的第一个早晨,
有一份公文递来了。
楷体端庄,太美了,
这样端庄不流露情感。
在常识中你产生了幻觉。

极简处理,心感到
堵塞,为了这,
我发现日子掀去倦慵外表,
提神,逼真,像雪糕
中的荔枝,雾剂中的玫瑰。
这一天我一张嘴就来话,有
一条街那么长,像
沿途的店与人一样性感。
傍晚热浪烤黄了天空,
久不成片的大雨点

继而将它扫得微醉。

4

别的时候口齿锁死不堪启举,保全了
道;一天出门几个来回,
保全了轻装。
以前的一个勇猛动作
让人从一个肯定
不小的困难中抽身,
自此不进而退。现在用盲目
保全不受满街性的轰炸。

那勇猛给人清新的启示。
十字路口,汇入人群,
眼睛呆滞地吸汲咀嚼,
一声号令向前倾泻。
我终于什么也没捉到,
它们都在烂熟中散漫敞开,
还在向
无限陌生的领域渗透。
享乐,最厉害的消耗。
幸福断送了幸福。受苦又
让人坚忍,都成了障碍。

5

三言两语里，有
走不完的路程。
我思欲无度，表情
丧失为一种。
被同一个屋子的一角
常年磨蚀，同一个
对面的人磨蚀。
面对那雏鸦之鬓，
细嫩不堪岁月的眼角时，
越发浅露，缺光。

长夏中，我已认识了
什么是丰美的长睡，
能关心得动的
只有整个国家腰部的汗漫洪水。
有人一直走到了最前沿，水舌
舔着了脚尖，
终于却步了，回到
这没有任何隐患的地方。
这可能就是这些年的特征。
我们的年龄还算可以，
但我听说自己还是
已经不小。偶一思之，
难道有助于将我树立？

美啊,非我所思。体格,
地理,勇气中都有漏洞。

6

蝉鸣,像一鼓作气的快艇
切割,留下长痕。
时日单调至于不忍。
并不发出声息,
压得人端坐无语。
我们总是学不了
以前的人们,即便
曲肱而枕,朝着窗外。

这段低迷与那段蔓延欲接。
留给记忆几个席位。
一些美人在有冷气的大厅
冰凉,清醒。
另一些容貌不整,额角
压着席纹。学生们,
彻底一伙怪人。
他们远去那明亮的天际浮云,
收割后的麦垄畦头,
六月摇杨勾出干掉的河道,
要考察什么生活的现状。
一个记得起的梦,

暴露了我从未意识过的一个欲望。

7

夜里,生活收缩包围圈。
以平米计算,让亲
而昵,而溺,而逆。
往往赋予轻松形式,
白天以套色版面讨论。
这种阅读仅止于
开胃,呵,只因人
都懒到无法长时间坐直。

这里被走廊曲折
深深掩藏,给你
连续几小时出汗的安宁。
等摸出有几次台阶的黑暗,
这算哪类不可告人?
到街上,灯火送爽。算
什么幽闭的极致:
整座楼都背负身上,
键盘上胡乱没有正经,
倒满苦思与蜜?

Greeting

生活如此养人,我们都成了一个个
出色的持久战战士,在
夜晚来临之前,经历
最接近正常的疯狂。那算得上
最个人性的时刻,我希望
没有一刻能得到喘息,把
自己安放得像那块无人不知
但人迹罕至的草地,达到
永远走不出去的安全。

夜里十二点,我觉得有些振作了,茶
沏得像水藻翠绿的近岸。
我开出一串串不流畅的玩笑,引起
溪流一样微微荡漾的反应。
可我的内心却紧张得要命,
唯恐一直要这样继续下去,唯此,
种种温暖才成为无害的东西。

我的状态如铁,不再怕受冲击了。
含有那么多坚实的成分,致密无间。

今天传输一道闪电,一件珍贵的
礼物般的东西。礼物?有谁
不从内心警惕它的意义,让它
形式如此不堪重负,把幻觉
像最不可思议的体验一样
点缀在最佳部位?

或许真有那么美妙。且
持有这个程度。我们到底要让生活怎样?
说了那么多突作荒唐的话,
结果它们显得情真意切。
每个人都像自己一样坚如壁垒,
又都不是我这样的原因。
没有信心去辨别苦甜的滋味,
仅仅为此觉得沉醉。

长假之后

长假之后,耳边又
响起往事的余音。
我又回味起那让呼吸屏住的短信。
夏初的日子对于我
仍然只有些许微风,外面也不够
敞亮。我投入其中,
情感的漫游越来越像
简单的日常出行,可以及时
撤回到寡淡的需求中。

新朋友给我一些启示。
她坐在小店中嫌热的样子,
让我看到了自己的笃定。
她在刹那间闪现的孩童身影
深深地为了畅笑折腰,表明
她所描述的成人生活
最可怕时也是可以忘掉的。

我还是逃不脱精神受苦,有时
感到特别严重。重新

从事早年的把戏,把
越说越糟的话说出来。
没有奏效。没什么,
这样自己就更坚强了。

一日。她露面了。"再见。"
下面就像铁轨向远处延伸时
硬邦邦的震荡声。
"再见。"又一个。何等
千头万绪的总结。
我等着她回来,或者说
没有什么好等的了。
现在已不会有古人那么惨的离别了,
但我恰恰想到了古人的情形,
为此我就该受一份精神之苦。

多么浪漫的热

> 但我们终得半面之识
> ——李金发

热浪堵在下班前，
疏导不开，酝酿那个小雷阵。
头发已经见了雨。
沉沉间，打来一个电话。
一个玩笑差点让我心肌梗塞。
它传来一张信任的面孔，
微微邀我同甘共苦，
从另一个无限昏黄的雨前时分。

闯进一个文明批判者。
心慌难忍，像过不了眼前的一关。
每当想起家乡毁掉的百年林子，
他经常会半夜坐起来哭。
现在苍蝇都不叮西瓜，
伟哥，不是一个最恰当的标志吗？
又消费，又超支，
针对婚姻又是一大堆。

"我们现在的专业人员,
也根本谈不上了解女人。
都处在推理臆想的阶段,
还在离谱的层次上。"

惊起猜忌和疑心,
不过一刻钟,铸就了一个
两年没有成形的友谊。
结束了。被抑止的粗重的叹息,
连发得就像顽固性呃逆。
我没想到精神会这样不依不饶。
不仅有不敢面对,
也听不得某种声音了。

独 寄

内心挣扎,
有这个说法。
有些绝望应该承认,
你只能去想它,又不去想它。

时间是唯一出路,
现在还走得通。
由刺心到不安心,
表面上,我们还是正常的。

我还能感受漠漠雨云,
凉却初暑。
商厦,广场,部委大楼,
镇定,充实,使个人不气馁。

你臃肿了仍显单薄,
映照在自动扶梯间。
我有点畏惧眼前一切事,
除了招待电影。

短袖单衣,
置身凉飕飕的大厅。
啊,又是重复经历,
空旷与寂寥,催发一切抑郁。

那优质音响,
每个细节都滥情。
东倒西歪,
给事务主义者招魂。

多少个午后,
参加集体活动,
大多数人打起精神讲话,
有些身影就像深井。

沉静的侧面,漠视
朝向它的叫不出的呐喊。
现在一切都好了,
我们终于认识了。

战斗打响时,
历史,群众,是我快乐时的乐趣。
也是我现在的慰藉,
为他们的平庸,比以往更为多泪。

早　晨

早晨，如你一时着急所说，
外面下起瓢泼大雪。
可等我出去，它又旋即不见，
只把大街变成了铅黑色。
这沉降的感觉
终于让我透出一口气。

好一个顺势疗法。
立春后，再滴沥一月。
嬉乐一个年终，再加一个年初。
三十岁之后，再松懈三年。
如果整千年意味深长，
先再推出一个世纪末。

恶念又出来了，抱怨处处受碍。
我们沉着脸，一语不发。
梦在夜里开花，都是些
一文不值的感应。
新拓的大道宽敞通畅，
尽头却矗立着耗竭的大厦。

因这一时之雪，
我把自己摆出来了。
世道，免我终日伏案。
起码给我一个绿色办公桌。
关掉哄响，往回吧。

早晨,你说这样的日子柔和

早晨,你说这样的日子柔和。
到了下午,我说它凄凉。
雨将时间锁在不明地段,
蒙住了窗外的蔚蓝。
不透气的眼下生活,
蒙住了全部的其他时光。

这场雨每年都要发表,
某种我才会去想的变化
今天正在通过闸口。
就像五月到了关键的一天,
蚊子也会被温度计的
一个刻度全部释放。

这雨下在星期天,使茶几
凌乱,让你像伺候病人,
进进出出,走不远。
又不得不冒雨外出一趟。
市场淋得清亮,
店主站在檐下,站得硬邦邦。

人们给了用武之地的
只知道穿着打扮。就
这样狭隘,最好什么人也别见。
只靠发怒一场,猫
污秽屋角,眼部
罩撒黑毛,遗传的花样。

最终拣起长睡,
我将它分为三段来睡,
每一段仍是一场长睡。
外屋,看电视的也睡着了,
节目顺着财经、农业
无阻地播放。

卷七

恐光症患者

每当烈日高空下
狂风平地而起
我总有一种
被启示的体验

在我们的附近
此刻变得神圣凝重
器物在臼窝里旋转
清脆的破碎声
在尚未破碎之前
就逼真地被传出
伴随着惊心
往往随即就是快感

平静的黑夜过后
我们以前受到的是
太阳的困扰
光明的困扰
现有风正撕扯着
它撕扯黑青的叶子

撕扯整饬的花坛
花木溅着汁液
惊愕地截断

罕见的狂风突下
不见云雨　只有
白日的强度被冲淡
这是黑夜遗留下的
唯一的适存性
风暴周期性地
猝然来临
这是为了健康生活的
沾满了疫病的本质

始终　我渴望被风吹
为着那些正常的心理
我的知觉飞扬　聋聩消失
受抑的病灶还原
禁锢我的密集的铅粒
稀薄而开始飘散

楮树把它的卵形叶子
洒满我们的窗前
现在我们生存者默然静坐
世界在砰然作响
仿佛只有这时
我们才不惊慌得像个贼

风 险

白天来临,沉住了我沉不住的气。
生活在窗前统一成温暖的平面。
可是它自有它潜意识的深度,
夜晚曾像一套挽兽昂首提蹄,突入
它被微雨浸泡的表面。
这是一扇门偶尔打开的结果,
被房间放出来的我
在里面停止了生长。睫毛头发
都刷成时髦的式样,它的启示
将我们紧紧纠缠,钢灰色的色相
把想象力和冥思映照成白痴的行为。
一直纠缠到隐秘处,一个处子面临的问题。
我东挪西腾,唯恐从
生活的表面坠入搬运性情的巨体验。

记一个苦吟时期的诗人

枕上绣着贫寒的图案
驯服的头在染整底色
一夜斜倚床前殚思竭虑
房间像山丘一样跳跃　晃动

铸不入存在之链
我和人群的镶嵌过于省力
主流不愿将我推动
因为我一转身把人们甩得

太远　不关心对他们的怨刺
每一个下午　走过最后一条街市
一条乱石嶙峋的河道
大脑就像巷腹需要疏导

推开房门　静得就像刚刚
掩饰住了一阵狂笑
木椅钻在木桌之下
倚在窗前显得稚拙

以它那不生产剩余的方式
木柄笤帚一身干净
插头探身墙内　汲满
能量　可抽搐的四墙

突破不了最后完成的封闭　门闩
不含象征　也不适合功能论
你适应不了这段时间
你计量　预算

又骑上别人一支歌曲　一滑走完全程
或者一面汁味嚼尽的书页
也吸引你对它的每一行字
进行雕刻

九五年岁末

晚饭后掠过一阵存在的眩晕，
十点钟他又在牌桌上活跃。
他斜倚床上，把身体变成三段折线，
不料坠入一场浅浅的小睡。

登　高

——仿布宁

登高与往返　两样运动
春节期间　我们爬上西郊无名的山头
在它的阳坡和阴坡
在阳光和寒风的翻滚中
触到了青春岁月的凄凉之感

那时你写下了从车窗中
看到的雾霭霭的小树林的诗篇
也是这样卷挟细砂和冷气的风
真实地摆动在前方
青春　才在这突破不出的大地上
升华出变异和例外的意味

没有水芹和细辛香那样的
室内意象
一棵野板栗　也像是红烧的
异国风味
至今仍为眼前荒凉中
蕴含的记忆震撼
今天　再把这残留延续的情感
往里储藏

喀什噶尔的学者

1

远走千里之外,仍然只有
个人问题会使人变成浪子。
冬夜归来,他们一连喝下几杯开水,
脚掌的暖意迅速升涌起颤抖。

在桌子前,这种暖意是那么甘美。
他们研究人类学,很快弄清了
自己的民族性中原来有一个冰核,
一直没有融化,否则只是异族风情。

研究历史,土库曼人和帖克人长年
在边境线上打家劫舍,这些典籍
产生了启发,叫人想起家乡
小镇上临街卖炒货的人。

而在婚礼期间,杨树的叶子已经落尽,
古老的人们抢着铺设一条石子路。
参军的人在铁道兵种受到提拔,

学子们则体质单薄,那冰核开始

不断地发痒,但最终克制住了
来自夜晚的狂乱的刺激。
研究他们自己,桌子上摆的
全是关于自我珍重和自恋的书。

2

今夜继续研究。从外面归来,
他感到煎茶已不能把自己安慰,
于是蹲下来,在一只杯口大的电炉上
烤起馒头片。

"我就像是摇旗呐喊的夜袭者中的
一位懵懵懂懂的少年。
在睡意中永远离开了安逸的生活,
那堪留恋的史前教育。"

当全世界的文化大潮衰退之际,
重新拣起可汗们的宫廷音乐。
伊卜拉欣汗拿自己的身份开足了玩笑,
他好像在街角尾随过一个少女。

"小姑娘,请不要害怕。
看看本王清白无辜的眼神。

我是那曾经爬过树的少年,
你也像斑鸠一样快活而无罪。"

在乌兹别克斯坦,地图上,
沿河注满一望无垠的沙漠图例。
阿姆河的摆动甩不掉它的名字,
依旧是逐它而生的小啼鸟的坟墓。

3

新疆杨,筒状树冠,峻秀。
成排地在雨后的湖边摇曳。
今夜他们静听风吹,
用倾听来辨认半空的锯齿叶缘。

"多年来,我对自己是白天旷野上的要求,
现在却陶醉得不堪夜色。
我爱你身后的那簇丁香,
看我能不能在上面找朵五瓣的。"

然后让我们在经文学校外的果园里相会,
或让我在井台栏杆边把你碰见。
尽管,西部边疆的路途是那么遥远,
"多么残酷,请你不要再来把我诱惑"。

喀什噶尔的学者定期翻阅《民族画报》,

经常看一看本族的识辨头像。
然后是一双丰满的红色高筒靴,
急管繁弦带出的贴近地面的舞蹈。

"啊,康巴尔汗,眼睛善于乜斜的姑娘。
今晚我们的想法又是一模一样。
不过我千万不要讲出来,
显得好像我老在把你附和。"

狗年卦语

七月,属猪的人运势如
日中天,一切阴云皆散。
在此民俗和大众青春文化
狂欢的月份,
我的生活能力大大提高。
因此已不适应月光下
南方倒锥似的悬崖,
和它脚底陡峭的潭水。
也不适应那太显眼的明月,
你怎么也无法不把它看到。
那无人的夜晚,
打湿的猪笼草和刺梨,
大路上却一片光亮。
后来,月亮从悬崖的转弯处
显出它心灵一样的
一段缺口,我
才明白了荒原狼的典故
和它的对月嗥叫,
引起刹那间情感的涌现——
这一月,未婚的男女会遇到它倾心的异性,

一条潭水中的美女蛙,
恋人的妹妹。
这将是本月心灵上唯一的阴影。

学校某××

眼睛连眨数下,然后一眯,
是她整理表情的方式。
等她脸上笑容疾现,
这个人好浅显易懂啊。

她有一骨子觉察的能量,
这是一代人不以为然的通病。
我轻按一下她的手,
只接触到全副的好脾气。

她有耐心展示自己的确定,
我则说不出一个整句。
交流看法本是不能认真的事,
新鲜劲全在第一二回。

她无意掌握主动,更加轻松,
还是那清瘦骨架的神奇。
我太累赘。探讨自我耗费体力,
我承认早记不得她的模样了。

燕子飞

我们六月的光线累得蜷缩。
下午四点才舒展地打开。
这一阵有水上的凉风,
行至垂柳,
为听到你一引便出的笑声,
让我拿你说句笑话。

这时与柳枝构图的是一张秃顶,
用鹅黄色淡抹一笔,
便将成为乳燕的肚脯。
难得看清一次你,夏季。
空气中不再是腌菜大蒜的气味,
在家里他们还保留着老家的习俗。

北方二题

胡　椒

一个想法让我留意
好像一场雪暴（过后
天空明净高远）
使得所有的松弛物
都灌铸般确立

像砾石一样瘠瘦
它的叶片革质　形式日益简化
它的线形叶沿着枝干流动
就像胡椒

我想到的就是
这种植物的习性
以其皮刺和撒满腺点的
暗红色椒粒（储藏着含混
的汁味）织成纹样

排列在干燥的畦垄上

或在铁路两旁坡地上临空生长
火车穿过的地方
投下它摇晃的暗影

胡　荽

西北的根性磨灭了，
正如你形态上的缩减。
真主在一起，使你
散发出呛人的香味，
随地带来遥远的召唤。

在这大吃牛羊的地方
人们——因为——除了固执和烦闷外
也需要静态的一刻。
你是圣餐中性味的出处，
是真主的精神施展的凉荫。

广及中亚和北亚，
你是绿色中最富釉彩的一种。
荒漠和旷野将精神
寄居于刺棘的那种绿。
每个人的手指都被染上了。

我见过北京花乡的花圃。
那生长作物的良田中

如今是金盏菊万头攒动。

它们和你一样

都在功用上完成了表现。

池　塘

沉甸甸的田地在田头地尾露出闲情，
一个细部可以数出十几样野草。
中间随处可能发生病变，生出
几排从未修剪的杨树，秋天树叶和
干硬的小枝条一齐落下，淤塞了下面的几排
水沟。何时挖掘，为何废弃都不可考，岸上
长的也是杂粮。

这地方遭到孩子们的破坏。盘根错节
的水被踩成滑腻的粉末。逮出不计其数的
泥鳅。一条翻出白色身板的鲤鱼让
整个一个上午的肃杀秋意绷得更为僵硬，就像
重重着装的季节里窥到了皮肉。

夏季末油汪汪地拥着
黑沉沉破败的墙垣、房舍，长势缓慢
得像死去一样的槐树、楸树。
泥泞中踩出密如鱼鳞的脚窝。

"蓬蓬远春。"直指惠崇、张志和们的初衷。

终生的认识能量用来坚守这方寸之地，
在那里它意境的规模几乎与实景一般大小。
元代人：将春景换为夏景，向塘内
延伸一些岬地，用笔向上翻旋出根根青草，
保持紧张的弧度，仿佛要把什么喷射。

圆明园

初春的热浪涌入小巷。
圆明园行政村在园林西北
继续规划住户。村民有以
繁殖猪苗为业,在一个
干湖四周建起砖泥小屋,
屋旁堆满粗壮的树枝。

村庄四周,昔日园林面貌
依稀可辨。
讲究的造园山丘已经走形,
槐树林如蓬乱的毛发。
傍晚,黄沙满目,黑松岗上,
驴拴在那里,纹丝不动。

目睹此景,究其原因,我知道
是因为小河延伸至此
已全部干涸。河床被填,
而镶着图案的石子路依旧完整,
单孔石桥兀然坐在地上,
勾勒出小河当年的走向。

啊，多么让人不解的事情。就好像
这里遍布着甲鱼洞，或生着一种
春季长成的历史植物，
引来许多市民到此终日搜索，
它才被顺便认出，就像
拣到一堆院画中的瘦金的笔画。

林中小憩

这片树林只有几岁
干净的场地　还未发育出
依附于它的林间生态
地上只有草本

草　沿着一个坡度
递增它的坡度
越向远处　越接近树冠
近乎奇迹　仿佛稀薄的阴影
已够我们啜饮

就像大地的几句零星话语
显得珍贵
大地总算能把晦暗的情怀
有所表现
大地一直表现到植物的顶端
使其遵循各自的叶序和花态

我听说有一种麦鸡
肩腰上是墨绿色羽毛

闪耀着紫铜色的光泽
那也算是蛋壳中的秘密
爬到了表现的枝端末节

夏天形成这么多事物
我们表现出了极端
一个休息够了　想走
一个伤感点　想在此长眠
另两个清淡地闲谈
每句话听起来都令人惊愕

后　记

　　感谢广西人民出版社，使我有机会又把这批十年前的旧作再整理一遍。近十年新作极少，以前出过的诗集把较可靠的作品也基本出了，按说没必要再折腾了。这次再整理，第一，走个标题党的形式包装，把以前较为心性的开场诗换成较为批判的，以表达一下现在的心境。第二，自己以前写诗还真算用功，压了不少。虽不尽如人意，也算是我闭门索句潜心诗歌的一个见证。而且，越经历世事，越觉得初心难得，昔我非今我打死所能返回。诗歌对我这样的保守分子来说，尤其要勇于承担一个暴露癖的功能。李金发晚年极力否定自己的诗歌经历，觉得人生的宽广远胜于诗歌，但他二十出头的几本诗集却核爆般洞开了一个世界，影响了二十岁前后的我，因此对他的这一否定我绝对不予承认。黄庭坚诗歌产量极大，应该说清新生动的篇目也非世人所能享用，更不用说那些浩瀚的繁茂的幽暗的芜杂的篇目。阿什贝利也写过"但吃的东西却要撑破谷仓，/一麻袋一麻袋吃的堆到了橡头。/溪流里游着可爱的，不断长肥的鱼儿，/鸟儿遮黑了天空"这样的稚气未脱的诗句。无论多么死性愚钝的诗，总有可能引来一个知音一赏；即便比这情形还差，也可归于，这本诗集是个人自我研究的一个记录，而诗歌好多方面大抵超不出这一点。

　　这么多年没写诗，总是觉得再忙一阵就可以写了。但慢慢发现，其实是没有什么还特别需要用诗歌来表达了。现在一张嘴估计就是散文,那何必还要往诗歌里塞,混淆诗歌的形象。语言形式层面的喜悦现在兴致也低了。形式寻求创新,翻旧为新,或修旧如旧,这种纯文学兴致,就像一位师长说的,太像玩了;在人生况味已完全不同的情况下,除非找到非常契机才能重拾。克尔恺郭尔说的人生演化审美、伦理、宗教三阶段,如果我们不是非要把自己看做一个诗人的话,那文学艺术这样的审美阶段貌似已经时过境迁了。

我在写诗上表现得过早老气横秋的时候,有感于程颐的"吾平生不观画不饮茶"。现在这个时间段,或许这个特定唯物主义历史时期,更感到文学作为一种学习资源的枯竭。认知的任务是越来越重了,但不是要守定一门科目,或非要通过信息产业文字产业和教育产业。文学对于我个人来说,最大的收获是,应着景获得了一种存在主义的定力,或者仍像那位师长说的,在最冷静虚无的时候,可以以一种神经病的方式来看待这个世界,从精神上把这个世界摧毁,好把自己立起来。有此一点,我已对文学表达了足够的感恩和敬意。

目前写诗虽是最不被浑浑噩噩的世俗力量渗透的人类活动,但并不能自动证明自己是有力量的。写诗保持的那种愚昧的态度倒是唯一可贵的。除此之外,有了电脑手机后,世人日常在文字中消耗得太多,也锻炼得足够机智。就像那么多才艺选秀节目,一选才知道那么多人那么有才。诗歌不能指望在文字方面成为老师,越这样考虑越会出问题。诗歌也几乎不是为了提供欣悦和感动,就像我现在不指望艺术给我提供这些一样。当我得知成功艺术必得沦为金融工具的事实后,我就更加没有耐心去接触艺术了。顺便说一下,根据最近得到的体悟,我也反对音乐。音乐耗费了人类巨大的精力和物力,养成一种集体无意识的自我过剩和不劳而获的妄念，这正是墨家思想"非乐"穿越几千年突然传来的准确启示。

　　虽然我们非议已难能可贵却仍在坚持的文学艺术活动，但并不是说我明确该去肯定什么。总之，这是一个对自己来说总要贬低为散漫无形的时代，因此形成一个大一统的认知几乎就是精神的本能反应。为了这无力达成的目标，无奈地感到随波逐流和荒废时光也是一个手段。借这本诗集的出版契机，也在这里发发声吧。

席亚兵

2014 年 3 月

图书在版编目（CIP）数据

生活隐隐的震动颠簸／席亚兵著.—南宁：广西人民出版社，2015.6
（大雅诗丛）
ISBN 978-7-219-09124-1

Ⅰ.①生… Ⅱ.①席… Ⅲ.①诗集－中国－当代 Ⅳ.①I227

中国版本图书馆CIP数据核字（2014）第239523号

生活隐隐的震动颠簸
席亚兵／著

出 版 人　卢培钊
监　　制　白竹林
责任编辑　吴小龙　罗绍松
书籍设计　刘　凛（广大迅风艺术）
责任校对　钟丽丽

出版发行　广西人民出版社
社　　址　广西南宁市桂春路6号
邮　　编　530028
印　　刷　广西大华印刷有限公司
开　　本　880mm×1230mm　1/32
印　　张　7.25
字　　数　175千字
版　　次　2015年6月　第1版
印　　次　2015年6月　第1次印刷
书　　号　ISBN 978-7-219-09124-1/I·1788
定　　价　36.00元

版权所有　翻印必究